わが行く道は遥けくて

渡辺崋山の生涯

馬場 豊

鳥影社

椿椿山《渡辺崋山像》田原市博物館蔵

渡辺崋山『一掃百態図』（寺子屋図）田原市博物館蔵

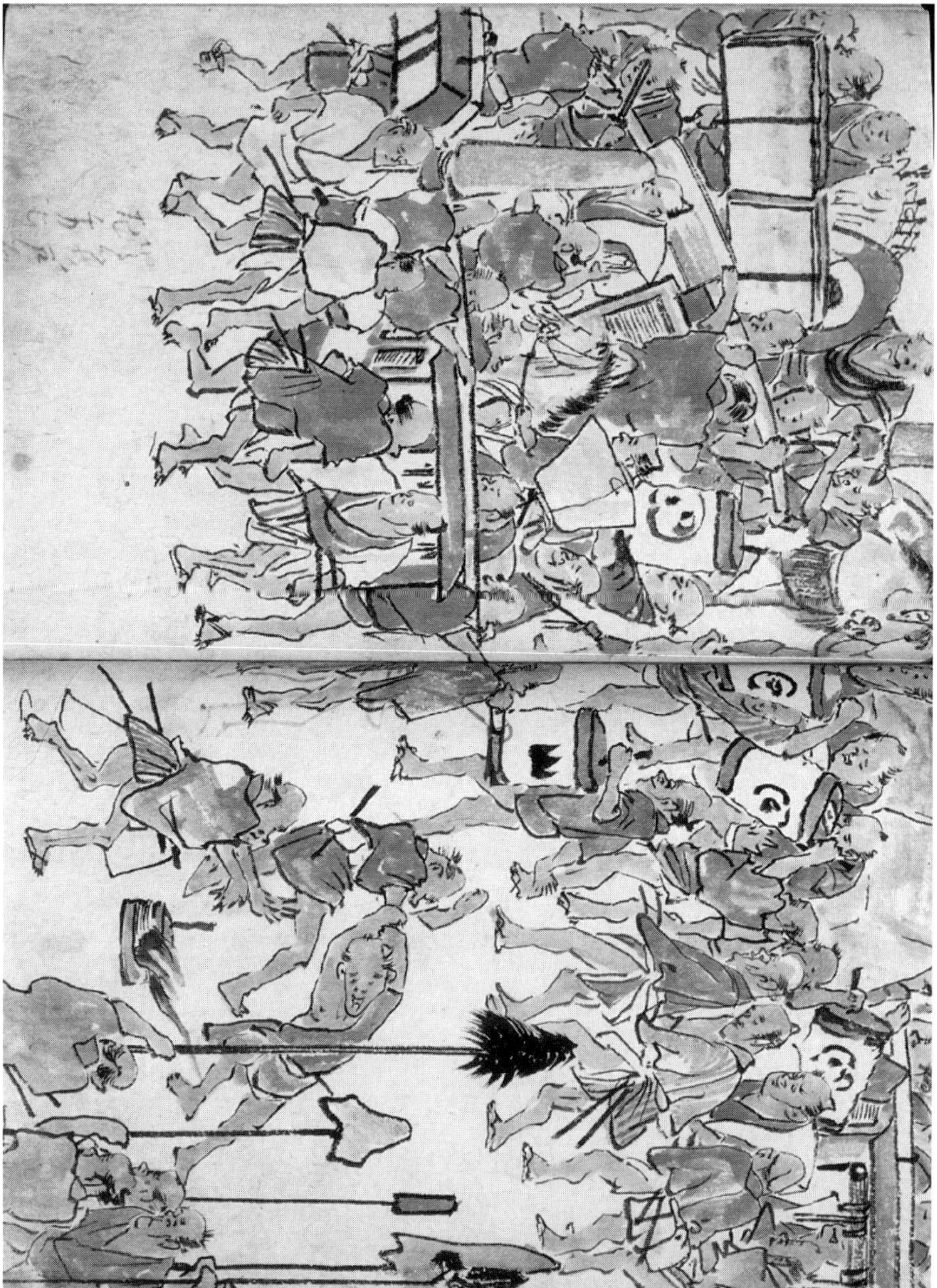

渡辺崋山『一掃百態図』（大名行列図）田原市博物館蔵

わが行く道は遥《はる》けくて

渡辺崋山の生涯

目次

（二幕二十五場）

第二幕

あらすじ

渡辺崋山は、寛政五年（一七九三）に江戸で生まれた。
父は三河・田原藩の武士で、崋山も同藩に仕えた。
父が病弱なうえ、七人の弟妹がいて家は極めて貧しかった。
そうした中でも、常に崋山は長男として父母への孝養を尽くすことに心を砕いた。

青年武士として田原藩の財政破綻《はたん》に改革の志を抱くが、挫折を経験することになる。
一方、幼少期から絵を習い、二十代半ばには画業で名が知られていく。それは一家が生活費を得る方途でもあった。

崋山は次第に藩の要職に就くようになる。その任務と絵師としての情熱のはざまで、苦悩を抱えることになっていく。さらには、蘭方医《らんぽうい》高野長英らとの出会いにより蘭学に傾倒していき、当時の知識人としてはいち早く世界の情勢を知っていくのだった。

やがて彼は、このまま日本が鎖国政策をとり続けることを深く憂慮し、開国の必要性を考えるに至る。
だが、徳川幕府の体制はそれをよしとせず、幕閣や儒学指導者たちの反感を買い、後の世にいう「蛮社の獄」事件に巻き込まれていくのだった……。

わが行く道は遥《はる》けくて

渡辺崋山の生涯

登場人物

渡辺崋山《かざん》（登《のぼり》）　田原藩士。絵師
定通《さだみち》　父。田原藩士
栄《えい》　母
たか　妻
可津《かつ》　長女
もと　崋山の妹
喜太郎《きたろう》　その息子
小寺《こてら》大八郎　田原藩士
椿椿山《つばきちんざん》　崋山の絵弟子。幕府同心
おゑん　飲み屋の女将
斎藤よの　崋山の絵弟子
金子《かねこ》武四郎《たけしろう》　崋山の絵弟子

真《ま》木《き》定前《さだちか》　田原藩士
村松　田原藩家老
三宅友信《とものぶ》　田原藩前藩主の弟
三宅康直《やすなお》　田原藩新藩主
松崎慊堂《こうどう》　儒学者
遠藤勝助《しょうすけ》　儒学者
小関三英《こせきさんえい》　蘭方医
高野長英　蘭方医
江川英龍《ひでたつ》　伊豆韮山《にらやま》の代官
鳥居耀蔵《ようぞう》　幕府目付
中島嘉《か》右衛門《えもん》　幕府与力
庄屋
千吉
梅
見張り番　A

与助《よすけ》　B
異形の者　A
B
C
D

プロローグ

小寺　私は小寺大八郎と申す。この物語の主人公とは竹馬の友、案内役も務めるゆえよろしく。では、さっそく始めよう。渡辺崋山は、寛政五年江戸麹《こうじ》町半蔵門近くの田原藩邸に生まれた。(藩邸跡の現在地を示す江戸城周辺地図映る)崋山は絵師としての名で、通称は渡辺登《のぼり》。田原藩は三河の国渥美半島にある。(三河の地図映る) 土地は痩せ、めぼしい産業もなくわずか一万二千石。北に控える尾張六十一万石には足元にも及ばぬ。その吹けば飛ぶような小藩に生まれた一人の男が、何をめざし、どのように生きたか。まずは、彼が青雲の志を抱いた二十代からご覧いただこう。

第一幕

第一場　江戸　小料理屋　おゑんの店

文字が映し出される。（以下、各場の時・所を同様に示す）
「文政元年（一八一八）夏　崋山二十六歳」

おゑんの店の二階。

おゑん　（酒を運んで案内し、部屋を軽く片付け）言っときますがね、小寺さん。
小寺　なんだい、おゑんさん。あらたまって。
おゑん　大事な話だから二階を貸してくれとおっしゃっても、お客用の部屋なんかありません。夫婦の汚いねぐらだけです。小寺さんはごひいきだし、崋山先生もいらっしゃるってことだから特別にお貸しするんです。それにこちらの方、いい男ぶりだから。（笑う）

椿山　椿椿山です。崋山先生の弟子です。

おゑん　へえ、お弟子さん。そう言えば先生、この間うちの人が魚焼いてるところをさらさらっと描いて下さってね。あの人ったら「これがわしか。ふーん、よく描けてる」ってまんざらでもないようで、賄い場に貼ってあります。

椿山　見てきます！　（飛び出していく）

おゑん　（笑って）若いっていいですね。……さ、お一つ。

小寺　うむ。（杯を受ける）

椿山　（戻り）やっぱり先生はすごい！　あのように味のある絵を、私もいつか描けるようになりたいです。

おゑん　がんばりなさいよ。まじめにやればいつかはー

小寺　おゑんさん、もうそのくらいで。この人は話し出したら、止まらない。（おゑん、笑って去る）……遅いな、崋山の奴。呼び出しておいて。

椿山　先生が遅れるなど、珍しいですね。

小寺　（銚子を差しだし）さ、椿君、君もやれ。

椿山　私は弱いので……それに今夜は先生から大事な話がありそうで、弟子が酒を飲んで話

を伺うのもどうかと。
小寺　まじめだな、君は。崋山が椿君をかわいがるのもわかる気がする。
椿山　（苦笑し）小寺さん、その椿君はどうも……椿山と呼び捨てで結構です。
小寺　いや、崋山、椿山では紛らわしいのだ（笑う）。君は、いくつになる。
椿山　十八です。
小寺　槍組同心だったな。
椿山　亡くなった父もそうでした。
小寺　お父上はいつ？
椿山　十一年前です。
小寺　兄弟は？
椿山　兄が一人、姉が二人、私は末っ子です。
小寺　苦労したろう……。
椿山　苦労したのは母です。母には頭が上がりません。
小寺　崋山と通じるものがある。お父上は病弱で弟妹が七人いて家計は火の車。口減らしのため大半を養子や奉公に出した。侍の家がだぞ。あいつは貧乏のつらさをいやというう

椿山　ほど味わっている。
小寺　……知りませんでした。
椿山　俺と違って、苦労話をぺらぺらしゃべるような男ではない。で、崋山と知り合うたのはー
小寺　二年前、金子金陵先生の画塾で。金陵先生が去年亡くなられ、以来絵の師匠は崋山先生と勝手に決めました。
椿山　なるほど。今や崋山は、江戸画壇の重鎮谷文晁《たにぶんちょう》の一番弟子にならんとする勢いだ。
小寺　当然です、先生なら。

崋山が、足早にやってくる。

崋山　すまん、待たせた。
小寺　崋山！　まあ、一杯。
崋山　(一気に飲みほし)……小寺、椿山。俺は決めた、長崎へ行く！　蘭学を勉強してくる！
小寺　やはりか……。

崋山　さっきまで、長叔《ちょうしゅく》先生と会っていた。
小寺　……蘭方医、吉田長叔か。数年前、西洋内科を開業した男だな。
崋山　先生は、そこまでの思いがあるならやってみるがよかろうと……。
小寺　簡単に言ってくれる……お前を決心させたもの、それは何だ。
崋山　……小寺。今年正月、二人で家老の村松に願い出たこと、忘れておるまい。
小寺　(腹立たしそうに) 当たり前だ。
崋山　……あの時俺は、この十年田原藩の財政逼迫《ひっぱく》が収まらぬこと、民百姓も藩士もようやくその日をしのぐ暮らし、今や風紀の乱れも甚だしいと訴えた。
小寺　村松の奴、自分に責任はないと居直った。そこで俺は、今こそ我ら若侍が学問を深める時、非番の者は夜も儒学者佐藤一斎《いっさい》先生に教えを請いたい、先生から承諾も得たと話した。
崋山　村松は激怒した……。
椿山　何故です？
小寺　村松の言い分はだ、そんなことを認めたら夜間の外出自由を口実に遊郭通いが増える、我が藩の恥の上塗りはこれ以上許さぬってことだ。

崋山　悪い方にばかり考える。学ぶことをおろそかにして、わずか一万石の藩を立て直せるか！　俺はつくづく嫌気がさしたのだ。

小寺　……だがな、崋山。お父上の定通様は此度《こたび》家老末席に昇格なされた。お前は出世街道に乗っている。それも投げ出すのか。

崋山　あの時、俺は決心した。このままでは藩のお役目だけに埋もれてしまう。これからは自分が本当に学びたいことを見定めて進んでいこうと……。

椿山　絵も……その一つですか。

崋山　長崎には清の国から絵師が来ていて、じかに学べる。西洋画もいち早く見られる。西洋の人物画は表情の描き方に深みがある、技を探りたい。だがそれだけではない。海の向こうの見知らぬ世界や学問に向き合ってみたい。小寺、正直言うとな。佐藤先生に教えを受ける儒学にも、今の俺は何か飽きたらぬものを感じ始めている。

小寺　崋山……。

崋山　徳川二百年の太平を支えてきた精神の大本が儒学にあることは疑いない。それを軽んじるわけではない。だがな、長叔先生から聞く蘭学や西洋の話には、新たな光のようなものを感じるのだ。

椿山　新たな光……。

崋山　西洋の国の仕組みはどうなっているのか、学問はどこまで究められているか、人はどのように暮らしているか……じかに見きわめたい。そのためには、今踏み出さねば！

小寺　長崎行きは脱藩を意味する。追っ手が放たれるやも……。

崋山　覚悟の上だ……。

小寺　お父上の立場はどうなる。お前ほどの孝行息子が、親を棄てられるのか。

崋山　誰が棄てると言った！　今の小さな孝行より、後々《のちのち》の大きな孝行だ。そのためには、自分がもっと大きくならねば……俺は行きたい、長崎に！

小寺　……わかった。もう何も言うまい。

椿山　先生……。

暗転。

第二場　同日の夜　田原藩邸の崋山の家、帰り道

第一景　崋山の家

定通と栄が話している。

栄　……侍をやめたい、絵師として成功し我が家の困窮を救いたい……登がそう言ったのですか。

定通　むろん、わしは認めなかった。

栄　……。

定通　わしが病弱で不甲斐ないばかりに、登には長男として苦労ばかりかけてきた。愚痴の一つも言いたかったろうに……。

栄　ですが、侍をやめては元も子もありませぬ。ましてや、あなたにようやく日の目が――

定通　栄、登はわかっているのだ。わしが昇格したところで、扶持《ふち》が上がるのは雀の涙ほど……。

栄　……。
定通　……さらに……登は、もっと思い切ったことを考えているようだ。
栄　何です？
定通　長崎だ……。
栄　長崎……まさか、蘭学？
定通　信用できる者から聞いた。
栄　……江戸にだって長崎帰りの蘭学者はたくさんいます。学びたいなら、その人たちに教えを請えばいいじゃありませんか。
定通　……それでは不足なのだろう。
栄　あなた！
定通　あいつはまじめで、向学心に富んだ男。尊敬する谷文晁先生が夜明けに起き出て絵を描くと聞けば、自分は夜明け前からかまどの明かりで本を読みふける。その意気やよし。だが……登がいなくなったら、この家は……。手は打ってある。翻意させるよう、人に頼んだ。

二人、沈黙。

栄　それにしても、今夜は遅いですね……まさか……あなた！

定通　……まあ、案ずるな。……少し、外の空気を吸ってくる。

栄　また、お身体に障《さわ》ります……。

定通　大丈夫だ。お前は先に休むがよい。

栄　お気を付けて……。

ゆっくりと暗転。

第二景　帰り道

月明かりが美しい。
定通、杖をついてやって来る。
物思いにふけり、たたずむ。
向こうから、崋山と椿山が歩いてくる。定通、気配を感じて姿を隠す。

椿山　……それで、先生。長崎には、どのくらい……。
崋山　少なくとも一年、いや、二年か……。
椿山　旅費や生活費は……。
崋山　（笑って）長崎までは何とかたどり着けるだろう。……ところで、私がいない間、君のことは文晁先生にお願いしようと思う。
椿山　……谷文晁先生……私が……あの写山楼《しゃざんろう》に出入りできるのですか！
崋山　うむ。
椿山　写山楼の二階からは、富士が見渡せると聞きました。

崋山　（笑って）ああ、大きくな。椿椿山、励めよ。
椿山　はい！
崋山　明や清の絵はもとより、大和絵、琳派《りんぱ》、師宣《もろのぶ》、片っ端から模写するのだ。
椿山　はい！
崋山　筆の運び、構図、色遣い……学ぶことは無限にある。
椿山　はい！
崋山　（懐から取り出して）そして、これだ。
椿山　……？
崋山　森羅万象、目にとまったものはその場で描き留める。
椿山　（受け取って見入り、驚く）なんと……。
崋山　覚え描きだが、後でこれがものを言う。
椿山　（返して）……先生に一歩でも近づけるよう、精進します。
崋山　うむ。では、また知らせる。

二人、別れる。

定通、つい呟き込んでしまい、とっさに口を押さえる。
崋山、気配を感じて思わず身構える。
定通、去って行く。

崋山　（遠目に姿をとらえ）あの後ろ姿……あれは、父上……たしかに、父上だった……
（ハッとして）では、この前も……。

ゆっくりと暗転。

第三景　崋山の家

崋山、帰宅する。
定通の部屋の前を通る。

崋山　……父上。ただ今、帰りました。
定通　登……遅かったな。夜道は、暗うなかったか。
崋山　今宵は雲が切れて、なかなかの月夜にございます。
定通　ほう、月が出ておったか。
崋山　椿椿山がそこまで一緒でした。
定通　なに、椿君と……あれは気持ちのいい若者だ。良き友だな。
崋山　はい。……父上……（ためらうが、声を詰まらせるようにして）お話ししたきことが……。
定通　（聞き取れず）うむ？　何か言ったか。
崋山　……い、いえ……。

定通　では、わしは休むとする。お前も早く休め。

崋山　……はい。お休みなさい。（思いがあふれてくる）……父上……父上、登は……。

（膝をつき、声を抑えて泣く）

暗転。

第三場　崋山の家

小寺　結局、崋山は長崎には行かなかった。いや、行けなかったと言う方が正しいか。だが、絵に向かう気持ちはますます強くなっていった。その年の暮れ、「一掃百態」という画集を完成させた。

十一月中旬のある日の夕刻。椿山が崋山の家を訪れる。

椿山　こんばんは。
栄　……(出てきて) まあ、椿さん。お久しぶりですね。
椿山　先生は、おられますか。
栄　いますが……誰とも会えぬと言っています。
椿山　お身体でも……。
栄　いいえ……昨日から一睡もせず、絵を描き続けているのです。
椿山　一睡も……。

栄　何かにとりつかれたように……握りしめし白湯《さゆ》を口にしただけ、あのように一心不乱に描く姿を見るのは、私も初めてです。

椿山　どんな絵ですか……。

栄　ちらっと見ただけですが、山水画や花鳥画ではありません。人をさらさらっと描いたような……私は絵のことはわかりませんが、夜通し根をつめ描き続けるほどのものとも思えません。今夜は休むようにと言ったら、いくら母上のお言葉でも今筆を止めるわけにはいきませぬとすごい形相で睨《にら》まれました。（苦笑して）あの子にはあんな顔もあるのですね。

椿山　そうですか……。

栄　少し休ませないと。あなたなら会うかも知れません。登は十日先にはお殿様のお供で、国元の三河田原に行く大切なご用を賜っています。今、無理をして体をこわすなどあってはならないのです。（栄、去る）

椿山　見てみたい……。

栄　（ため息をつきながら戻って）椿山であろうと会えぬ、ただし特別に、描きあげたのをちらっと見るだけなら許すと言っています。

椿山　本当ですか！

栄　さ、お上がりなさい。

　椿山、案内されて別室に入る。
　畳の上に所狭しと置かれた紙に見入る。栄、去る。

椿山　……これは寺子屋だな。（笑って）子どもたちがけんかしてる。こっちはまじめ組か。面白い構図だ。（視線を移して）女たち……針仕事、洗い張り、なんと遊郭も。先生は行ったことがおありなのか。それにしても、流れるような線、何と柔らかい筆遣いだ。この大名行列はだいぶ騒々しい（笑う）。棒手振《ぼてふ》りたち、職業尽くしか……待てよ、この雪駄《せった》直しの男は菅笠《すげがさ》で顔を隠している……そうか、先生は身分の分け隔てなく、江戸に生きるあらゆる人間の姿を描きとめようとなさっているのだ。正直初めは北斎漫画が頭をよぎった。だが違う、あれは絵手本だ。この絵からは先生の温かい眼差しでとらえた人々の息遣い、話し声までが伝わってくるようだ……先生、これはすばらしいです！

定通が、にこやかな表情で先ほどから姿を見せている。

定通　内職が役に立ったかな……。

椿山　定通様。（居住まいを正す）……伺いますが、内職とは？

定通　初午灯籠《はつうまどうろう》。二月に稲荷神社の祭りでつるす灯籠の絵だ。登は二十歳《はたち》の頃から毎年、正月になるとそれを描く。

椿山　先生が……。

定通　百枚描いて、たかだか二十五銭。それを何千枚と描く。家計の足しにだ。

椿山　……。

定通　あいつは不器用な奴でな。そうした絵でも、手を抜くことをせぬ（笑う）。それが自ずと人の観察、早描きの習練になっているのやも知れぬ。

椿山　そうでしたか……失礼いたします。

定通　もう少しよいではないか。

椿山　こうしてはおられません。私も帰って、絵の稽古を。あ、これは先生からお借りした

画帳です。（風呂敷ごと渡し、黙礼して足早に去る）

定通　……似てるな。（苦笑する）

舞台暗くなり、「一掃百態」の絵（椿山が見た絵の順）が映し出されていく。

崋山　（姿は見せず、独白が流れる）椿山よ。風俗画は、決して卑しい絵ではない。宋や明清の風俗画、あるいは我が国古来のそれを見るがいい。文字だけでは表現しきれぬものを絵で描きとめ真実の姿を残そうとした。人々は、そこから善と悪を学んだ。だが、今の絵師たちはどうだ。まるで山水画や花鳥画だけが絵だと勘違いしている。卑俗を嫌って風俗画を描かず、描いたとしても余計な技巧を弄《ろう》するばかり。私は、江戸に生きる人々のあるがままの姿を、後世に描き残したい！　果たして、私にどこまでできるか……。

暗転。

第四場　江戸町内　川辺

小寺　やがて日本橋で書画会を開き、渡辺崋山の名は江戸の人々にだんだんと知られていく。
そして五年の歳月が流れ、崋山は三十一歳でようやく妻をめとった。

文政六年（一八二三）春。
川辺に崋山、たかが立っている。せせらぎの音が心地よい。

崋山　……たか殿。
たか　はい。
崋山　そなたとは、十四も年が離れておる。
たか　……はい。
崋山　すまぬ、こんな年寄りで。
たか　……（小さく笑って）年寄り、ですか。
崋山　よく来てくれた。

たか　……私、登様の絵が好きです。

崋山　（驚いて）見たことがあるのか。

たか　日本橋百川楼《ももかわろう》で、父に連れられて……。

崋山　お父上が……初耳だ。和田殿も水臭い、それならそうと話して下されば。

たか　父なりに考えるところがあったようです……。花鳥画がすてきでした。白菊が斜めに二輪伸び、その下で雀が遊んでいる絵を覚えています。

崋山　うむ、あれはまずまずの出来だった。

たか　その時、言われました。よく見ておけ。こうした清冽な絵を描くのが崋山だ。

崋山　……私は、和田殿に感謝せねばならぬな。……話しておくことがある。

たか　はい。

崋山　そなたを迎えるにあたり、私は誓いを立てた。

たか　誓い？

崋山　名づけて、心の掟《おきて》。一つ、父母に孝行を尽くすこと。一つ、学問を深めるとともに、絵によって家を助けること。私が絵を描くのは、一家が食べていくためでもある。

たか　父から聞き、承知しています。他には、どんなお誓いを？

崋山　己をいっそう磨くため、人との交わりを省みた。誰を師と仰ぎ、誰を友として大切にするか。

たか　お志ですね。……登様は、お若いです。

崋山　そうか。

たか　年寄りでは、ありませぬ。

崋山　そうか！　（二人、顔を見合わせて笑う）

崋山筆「秋草小禽図《しょうきん》」が映し出される。

せせらぎの音。ゆっくりと暗くなる。

第五場　田原藩　江戸屋敷

小寺　翌年の夏、お父上の定通様が六十歳で亡くなられた。崋山は万感の思いを込めてその死に顔を描き取った。やがて三年後、田原藩を揺るがす大事が起きた。十三代藩主の三宅康明《やすてる》様が参勤交代で江戸にご到着後、二十八歳で急死なさったのだ。

江戸屋敷の一室。崋山、小寺が控えている。

村松　(部屋に入り)……会うまでは帰らぬなどと、渡辺、小寺、分をわきまえよ！　この村松、それほど暇ではない。用向きは？

崋山　おそれながら、お世継ぎのことにてございます。

村松　……。

崋山　康明様が亡くなられ、早二月。いつまでも隠しておくのはいかがかと。

村松　……。

崋山　なにゆえ、弟君の友信様を立てられぬのです。

村松　……。
崋山　御腹違いとはいえ、三宅家の血筋を引くただ一人のお方。関ヶ原合戦以来、家康公にお目をかけられた誉れ高い名家ですぞ。
村松　わかっておる！　だが、それで藩は安泰となるか。
小寺　……どういう意味でしょうか。
村松　財政は、破綻寸前……。
小寺　それとこれとはー
村松　では聞く。そなたたち、再建の方策を持っておるのか。
小寺　それは……。
崋山　……。
村松　慎重に運ばねば、藩のお取りつぶしもあり得る。
小寺　……。
崋山　ご重役の方々には、他の藩から持参金付きの養子を迎えようとの声がおありとか。されどそれは一時しのぎ、我らは反対です。
村松　そのようなこと、何も決まっておらぬ！

崋山　まことですな。
村松　くどい！
崋山　それをお聞きし、安堵しました。
村松　……なあ、渡辺。問題は、友信様のお覚悟次第……とは思わぬか。
崋山　お覚悟？
村松　私の考えを言おう。……今や藩士も領民も長きにわたる窮乏《きゅうぼう》生活に、不満が澱《おり》のようにたまっておる。そこでだ。ここはまず、友信様ご自身が田原に赴かれ、二十四か村を治める代官たちや村代表の声を聞いていただく。
崋山　それは……つまり……。
村松　その上で、お世継ぎのご意志を確かなものにしていただく。
崋山　村松様！
村松　……国元には、すでに打診してある。渡辺、そなたお伴を。
崋山　はっ、喜んで！　……して、いつ？
村松　早いほうがよい。
崋山　承知しました！

いったん暗くなる。

そのすぐ後。帰り道。

小寺　どうも俺は、村松の言葉が信用できぬ……。

崋山　家老自らが友信様お世継ぎの考えを示したのだ。ひとまず様子を見よう。国元には頼りとする真木定前がいる。久しぶりにじっくり話し合い、ことがうまく進むよう脇を固めてくる。

小寺　……わかった。

崋山　友信様は二十二歳とはいえ、ご聡明な方。藩の改革を推し進めるには、絶好の機会だ。
（去る）

小寺　（見送って）田原まで七日か……頼んだぞ、崋山。

暗転。

第六場　三河　田原城　謁見の間

友信と崋山が話している。

崋山　友信様。長旅のお疲れ、とれましてございますか。
友信　とれたが、今は肩が凝る。
崋山　さて？
友信　重役からの説明ばかりで聞き飽きた。かつて藩に倹約令が出た時、私と兄は四年間田原に移り住んだ。土地のこと、少しは心得ておる。
崋山　御意。
友信　明日は、蔵王山《ざおう》に登りたい。あそこからの眺めは素晴らしい。兄も歓声を上げていた……。領民の暮らしも間近に見たい。それと、大海原も。
崋山　お供いたします。……海と言えば、異国船打払令をご存じかと。
友信　うむ。この頃、イギリスの船が常陸や薩摩で狼藉《ろうぜき》を働いておるようだな。
崋山　我が藩も、赤羽根の海岸に遠見番所を設けてあります。

友信　見つけて、どうする？
崋山　江戸に知らせます……。
友信　その間に船が浜に近づいたら、打ち払うのか。そのようなこと、できまい。お上《かみ》はどこまで考えておられるのか……。
崋山　……。
友信　そう言えば、崋山は去年シーボルトの助手と会ったのだな。何と言った？
崋山　ビュルゲルです。
友信　……ビュルゲル、（苦笑して）舌をかみそうだ。これからはオランダ貿易だけという訳にもいくまい。異国との関わりをどうするか……厄介な問題だ。
崋山　……御意。
友信　赤羽根には馬で行くのか。
崋山　はい。
友信　久しぶりに遠乗りか。……崋山。こうして田原の地を踏めたのも、そなたがおればこそ。これからも頼むぞ。
崋山　もったいなきお言葉。

友信　……亡くなった兄は六つ上だが、母は異なる。奥女中であったわが母は私を産んで相模の郷里に帰られたとか。母の面影を語ってくれるのは、今やそなたくらいだ。私はな、藩主になれたなら、母を捜し出したいと思っている。果たして、生きておられるのか……。

崋山　そのお役目、ぜひ私に。

友信　うむ。

真木定前が、急ぎやって来る。

真木　真木定前にございます！　火急の用で参りました。

崋山　……どうした、真木。

真木　一大事です。たった今、江戸藩邸から知らせあり……村松家老が申されるには、次期藩主は友信様ではなく、姫路藩主酒井侯の六男稲若《いなわか》様を迎えることに決まったと……すでに幕府には届けを終えたとー

崋山　なにーッ！　そんなばかな……確かか！

真木　国家老から直接聞きました。姫路藩との交渉は……友信様が江戸をご出立後になされたようです……。

崋山　謀られた！　村松……。友信様、申しわけありませぬ。（額《ぬか》ずく）

友信　……その稲若様……御年は？

真木　十七歳とか……。

崋山　十七……。

友信　……。

暗くなり、一隅に村松家老が浮かび上がる。

村松　……友信様は崋山を頼りきっている。世継ぎとならば、崋山一派が勢力を得て、我ら重役は排斥せらるるが必定《ひつじょう》。姫路藩は十五万石、持参金のみならず今後の援助も期待できる。寄らば大樹の陰。崋山、恨むな。（笑う）

暗転。

第七場　おゑんの店

前場から三か月ほどたった翌年の春先。ある日の夕刻。
おゑんの店の二階。
崋山が酔いつぶれている。

崋山　……酒だ、酒はどうした！　……（起き上がろうとして、頭痛がするのか頭に手をやる）ウッ、痛ッ……おゑん、迎え酒だ！
おゑん　（部屋に入って）はい、はい、お待たせしました。
崋山　おう。……（起きて）小寺、さあ飲むぞ。
おゑん　小寺さんはいません。昨晩、崋山先生が酔いつぶれちゃったんで、泊めてやってくれとおっしゃって、お帰りになりました。
崋山　なにっ、俺を置いていくとは、薄情な奴……。
おゑん　さ、うちで一番のお酒です。気にいっちゃって下さい。
崋山　さすが、おゑんさんだ、気が利く。（飲んで）なんだ、水ではないか！

おゑん　あら、そうでしたか。（ひとしきり笑った後、じっと見つめて）……先生は……謀られたんですか。
崋山　（驚き）……今、何と言った？
おゑん　……村松とかいう方に……お世継ぎのことで。
崋山　（驚愕《きょうがく》して）誰に聞いた？　……小寺！　あいつ、口が軽い！
おゑん　（笑う）……。
崋山　何がおかしい！
おゑん　先生から聞いたんですよ。
崋山　俺が言うはずない！
おゑん　……私ら、商売ですから、たくさん飲んでいただくのはありがたいです。でも、昨日はいつもの穏やかな先生とは打って変わって不機嫌でした。ただ浴びるように飲み続け、小寺さんが帰った後もまだ飲んで……そのうちぼやきが始まって、村松に謀られた、我が藩はもうだめだ、俺はもう知らん、絵もやめる……。
崋山　……。
おゑん　友信様って方、二十二におなりなんですか……。

崋山　そんなことまで！
おゑん　(笑って)私、酔っ払いの口割らせるのうまいんですよ。「それで、その方のお名前は？」なんてすかさず突っ込み入れたら「友信様だ」、「お年は？」「二十二だ」って……あ、ご安心を。商売柄、口は堅いですから。
崋山　……。
おゑん　私ね、昼間からあれこれ思ってたんです。
崋山　……何をだ。
おゑん　先生は、謀られたんですよね……ここんとこが大事なんですが、心から信じてた人から裏切られた訳じゃないんですよね？
崋山　……そうだ。何が言いたい。
おゑん　だったら、気にしなくていいんじゃありませんか。向こう様が少しばかりうわ手だったんです、ずる賢かったんです。
崋山　……。
おゑん　怒られるかも知れないけど、先生は、少しお心がお弱いんじゃないんですか。鼻っ柱へし折られたくらいで、いつまでもうじうじと—

崋山　あんたに何がわかる！

おゑん　小寺さんが昨日帰り際に言ってました。「去年の暮れからちょっとあって、以来崋山は荒れぎみでな」って。年が明け、梅も終わり桜が待たれるっていうのにまだ立ち直れないいんですか。私ら、一杯飲み屋に毛が生えたような店です。毎日必死で働かなきゃ、野垂れ死にです。お侍様はいいですねえ。だいたい、絵もやめるなんて、先生の絵はその程度のものだったんですか。

崋山　……。

おゑん　先生は何も、人として負けた訳じゃないんでしょう？

崋山　……。

おゑん　藩のためを思ってやろうとなさったのなら、いじけてる場合ですか。それに私、思うんです……一番おかわいそうなのは、その友信様だって。

崋山　……。

おゑん　先生はお酒で憂さばらしできますけど、友信様は、はしごはずされちゃったご無念をどうなさってらっしゃるのか……今、どちらに？

崋山　……三河……田原の城だ。

おゑん　江戸には戻れないんですか。
崋山　わからぬ……。
おゑん　先生が友信様に藩の行末を賭けたのは、それなりのものをお持ちの方だからでしょう？
崋山　そうだ……。
おゑん　だったら、今こそお力になってあげないと……。
崋山　……どういう意味だ？
おゑん　友信様にとってやりがいのあること、元気の出ること、それを先生がよく考えて、お勧めになってみるんですよ。
崋山　……。
おゑん　大年増のお説教だと思ってお許しを。奥様もご心配なさってるでしょうから、お帰りになった方がいいんじゃありませんか。（酒瓶など盆に入れて去る）
崋山　……参った。心が弱い……くやしいが図星だ。俺は何をしている……。それにしても、あんな説教は儒学の教えにもなかった（苦笑する）。やりがいのあることか……友信様……。

ゆっくりと暗転。

第八場　目黒村羽沢　松崎慊堂の家

小寺　崋山は立ち直った。ところで、崋山は儒学を佐藤一斎先生に学んだが、この頃は松崎慊堂《こうどう》先生にも教えを乞うていた。慊堂先生は掛川藩で儒学を教え、朝鮮使節の応接役を務めるなど高名な学者だった。つまり崋山は、儒学の本尊、昌平坂学問所で双璧と言われた二人の先生から学んだわけだ。

文政十一年（一八二八）五月。
江戸近郊、目黒村羽沢の松崎の家。山鳥の鳴き声が聞こえる。
崋山が松崎の姿を描いている。

松崎　……崋山、もうよいか。わしゃ、疲れた。
崋山　慊堂先生、少し右をお向き下さい。そうです、あ、動かないで！
松崎　待てぬ、飲むぞ。
崋山　（苦笑して）……どうぞ。

松崎　（目の前の酒瓶を杯に注いで飲む）……うまい、上物だな。
崋山　また描かせていただくのですから、奮発しました。
松崎　悪いな。しかし、おぬしほどの腕なら、少しくらい動いたとてどうということはないだろう。雀や鶏だって動くぞ。
崋山　まいったなあ……。
松崎　それにだ、じっとしておれぬ訳はほかにもある。
崋山　何です？
松崎　怖いのだ、おぬしの眼が。（笑う）
崋山　私の？
松崎　佐藤一斎の肖像画を見た。あいつの内面がむき出しにされておる。（崋山筆の肖像画が映し出される）
崋山　……。
松崎　佐藤とは、昌平坂で机を並べた仲、年も同じだ。幕府文教政策元締めの林家で今や押しも押されもせぬ塾長。わしはあいつの表も裏も知っておる。
崋山　……。

松崎　崋山の人物画はこれまでの絵師のとは違う。表情に陰影を付け、立体感を出しておる。西洋画に学んだか。

崋山　オランダの銅版画や書物の挿絵からです。

松崎　だが、それだけでない。人物の本性を見抜いておる。怜悧なまなざし、髭のそり跡、微動だにせぬきびしいたたずまい……儒学者佐藤一斎の人となりが余すところなく描かれておる。

崋山　……。

松崎　見事だが、正直好きな絵ではない。まだ、堅さがある。恩師を描くので、よほど気をつかったか。

崋山　……。

松崎　そこで、わしだ。九州肥後の百姓に生まれ寺の小僧にやられたが、性に合わず十六で出奔《しゅっぽん》、江戸に出た。浅草称念寺の和尚の世話で儒学に出会い、昌平坂で学んだ。今は隠居暮らし。山鳥の声を聞き、酒を楽しむ毎日よ。月に何度か大名たちに儒学を教え、酒代を手にしておる。是非にと言うので受けたが、おぬしの眼でどんな自分があぶり出されるのか、実は怖い。酒でも飲んでごまかさぬとな。（笑う）

崋山　……心して、描かせて頂きます。
松崎　それが困る、そう気張るな。あ、崋山の一番下の弟、五郎といったな、あの絵はいい。（佐藤一斎に並び、五郎を描いた肖像画が映し出される）澄んだ瞳、やわらかい線、何より温かみがある。
崋山　私とは二十四歳も離れています。利発な弟です。
松崎　兄の愛情がよく出ておる。……飲め、崋山。
崋山　（筆を置き、杯を受ける）……実は、新藩主康直様のお側用人《そばようにん》に任ぜられました。
松崎　……ほう、反対派のおぬしを……懐柔策か。康直公ご出身の姫路藩家老河合隼之助《はやのすけ》の入れ知恵があるやもしれぬぞ。姫路木綿の専売を成功させ、倒れかかった藩の財政を救った男、切れ者との評判だ。取り込まれぬようにな（笑う）……して、友信様はいつ江戸に戻られる。
崋山　今月末です。
松崎　半年ぶりか……長かったな。で、これからは？
崋山　巣鴨に別邸をご用意して……隠居ということに。
松崎　やはり、そうなるか。つらいな。……あれは、どうなった……友信様にやりがいのあることを進言する話は……。

崋山　蘭学をお勧めしようかと思います。

松崎　なんと、蘭学……。

崋山　ご聡明で、柔軟な心をお持ちの方です。蘭学、ひいては西洋事情に目を向けるなかで、新たに打ち込めるものをお見つけになればと……。

松崎　うむ……わしが教えているなかにも、異国のことに内心興味を抱く大名はおる。崋山、これは妙案だな。

崋山　ありがとうございます。

松崎　（笑って）感謝せねばならぬのは、飲み屋の女将。

崋山　おゑんさん。

松崎　うむ、おゑんの叱咤《しった》激励なくば、友信様を晴れて江戸に迎えられなかったかもしれぬぞ。……ところで、蘭学といえば二年前将軍にも拝謁したシーボルトのことだが……外科手術の腕が達者で、長崎奉行の許しを得て出島の外でも診療するらしい。鳴滝塾は塾生であふれかえっていると聞いた。

崋山　はい。

松崎　驚くのはその指導法だ。塾生たちに日本の歴史・地理・風俗・産業に至るまで課題を与え、オランダ語で報告書を提出させる。彼らはオランダ語を読めるだけでなく、書けるようにもなっておるらしい。

崋山　そこまでとは……。

松崎　どうやらシーボルトは我が国のあらゆる分野の情報収集を進めておるようだ。江戸への道中でも富士山の高さや島々の位置まで測量していたとか……ちと気になる。

崋山　と言いますと……。

松崎　目的は何なのか？　おそらく幕府も監視の目を光らせているはず……。

崋山　……なるほど。

暗転。

第九場　崋山の家

小寺　慊堂先生の気がかりは的中した。シーボルトが日本を去る時、船から日本地図が見つかったのだ。彼は捕まり、関係者が処罰される大事件となった。だが、すばやく逃げた弟子がいた。その男は、やがて崋山の前に姿を現すことになる。

天保三年（一八三二）秋。
崋山と小関三英が話している。

三英　いやあ、渡辺様が吉田長叔先生とそれほどご昵懇《じっこん》であったとは……。
崋山　惜しい方を亡くしました。
三英　先生は蘭学研究を支援してくれた加賀藩前田侯が病気とわかって、急きょ金沢に向かわれた。ところが道中でご自身も病いを得て、無理をして到着後に急死されたのです……。
崋山　いかにも先生らしいご最期……。

三英　私にオランダ流の内科治療をみっちり仕込んで下さった。私は生まれつき膝が悪く長崎に行くなど不可能。だが長叔先生ご自身も江戸で学んだとお聞きし、励まされました。小関三英、今があるのは先生のおかげ。あの大らかなお人柄が忘れられません。私のように偏屈な男も受け入れて下さった。まもなくやって来る男も先生の門下生、私より十七も年下ですが、渡辺様から頼まれたゆえ声をかけました。高野長英をどれほどご存じか。

崋山　鳴滝塾の秀才、シーボルトの一番弟子……。

三英　然り。ただし言っておきますが、性格は少々問題あり、これは私もですが（笑う）。オランダ語は抜群です。そうそう、こんな話があります。先頃、長崎帰りの蘭学者たちの会合があった時誰かが言うには、「今日はオランダ語だけを使うことにしよう。日本語は罰金を取る」、みんな同意した。

崋山　ほう……。

三英　しかし、ついつい日本語を口走ってしまう者が続出。その中で、一人高野長英だけは最後までオランダ語で通した。

崋山　うむ、さすがですな。

三英　続きがあります。解散する時、しゃくにさわった鳴滝塾同門の伊東玄朴《げんぼく》が、階段を下りようとした際に長英をふいに突き落とした。その瞬間、彼は大声で叫んだ—

長英　（いつの間にか部屋の入り口に立っていて）ゲバールレイキ！

三英　（驚いて振り返り）おぬし、いつの間に。……つまり、「あぶない」と言ったわけです。

崋山　ハッハッハ、面白い！　……もう一度、その言葉—

長英　ゲバールレイキ！　……高野長英です。

崋山　（なおも笑いながら）渡辺崋山です。よく来て下さった。いや、こんな愉快な話は久方ぶりだ。さ、どうぞ。（散らばった団扇や幟を片づける）

長英　（崋山の後ろ姿をじっと見ていたが、畳に上がり近づいて）……ご免。（いきなり崋山の肩をもみ始める）

三英　何をする！　無礼じゃろう。

崋山　（動ぜず）……ふむ。……なんと……これはよい。

長英　だいぶお疲れですな。昨日今日の凝りではないですぞ。……私は十七で奥州水沢から江戸に出て、昼は蘭学、夜は按摩をして生活費を稼ぎました。昔取ったなんとかってやつです。

三英　お許しを。（長英に）おぬし、ご家老の渡辺様に一

長英　私は家臣ではない。

崋山　（笑って）うむ。……いや、ありがたい。楽になった。

三英　ご寛容、痛み入ります。……それにしても、あなたほどの高名な絵師が団扇や幟までお描きになるとは。

崋山　貧乏ひまなし、これは日本橋金華堂から請け負いましてな。小遣い稼ぎです。（笑う）……ところで、高野殿。

長英　長英とお呼び下さい。長の一字は長叔先生からいただきました。

三英　先生は、おぬしのことをよほど買っていたようだ。

崋山　その長英殿が長崎に行った理由は何です。

長英　先生が亡くなられ、長崎に行くしかないと。友人からも江戸で一年学ぶのは畳の上の兵法《ひょうほう》、長崎で半年学ぶのはこれ真剣勝負と言われ、決意しました。

崋山　ご家族の反対はなかったかな。

長英　江戸に出るさえ反対されました、まして長崎など……うまく立ち回って、強行するしかなかったのです。

崋山　……私もかつて長崎行きを渇望したが、踏み切れなかった。
長英　武家の縛りなどに煩わされず、自由に生きてみたかった。蘭学に向き合いたかった。
　　　……今も、そうです。長く待たせた許嫁《いいなずけ》を袖にして、武士の身分も捨て、町医者になりました。
三英　今日の長英は多弁だな……。
崋山　あなたは、余人には稀な行動力をお持ちのようだ。……して、鳴滝塾には何年？
長英　三年です。シーボルト先生が逮捕され、塾生も二十三人捕まりましたが、私は高飛びして九州その他を転々とし、江戸に戻りました。
崋山　シーボルトは塾生にオランダ語の報告書を求めたそうだが――
長英　大いに鍛えられました。私は合計十一本書き、五十人の門人の中で一番多いです。
三英　（笑って）平然と言い放つところが、長英らしい。
長英　本当を言ったまでです、小関さん。
三英　わかっておる。……ところで、お話とは。
崋山　うむ。……此度《こたび》、海岸係りを仰せつかった。
三英　海の守り、ですか。

崋山　田原は海に面している。だが、異国船の侵入を防ぐなど至難の業。そこで考えた、むしろこの機会に西洋事情を学ぼうと。イギリス・アメリカを知ることはこれからの日本を考える上でも役立つはず。私はオランダ語ができぬ。あなたたちに書物を翻訳してもらい、読もうと思う。

三英　蘭書はおそろしく値が張ります。失礼だが、田原藩にその余裕がおありか。

崋山　ない（笑う）。私は家老末席についたが手当の加増はそれほど見込めぬ。今や藩全体に倹約令が出されている。

三英　では、どうやって……。

崋山　我が藩に三宅友信様という方がおられる。三宅家正統のお血筋だが、わけあって二十二歳で隠居なされた。

三英　若隠居か……。

崋山　蘭学の研究をお勧めしたところ、興味を抱かれた。蘭書の購入資金は、友信様に出して頂く。それくらいの融通はきく。お二人への手当も、そこから捻出します。

三英　なるほど……渡辺様は策士ですな。私は読書と酒が友で天涯孤独の身。岸和田藩の世話になっているが、それのみではちと苦しい。蘭書が読めて手当まで頂けるなら、願ったりかなったり。
崋山　長英殿には友信様に蘭学の講義もお願いしたい。いかがかな？
長英　……去年、平河天神の前で塾と治療を始めました。弟子は集まったのだが、患者がいっこう増えません。どこかの蘭学者が、長英は酒好き女好きとの悪評を流しているらしい。
三英　（笑って）わしではないぞ。
長英　放蕩息子せめてもの親孝行と郷里から母を迎え、二人暮らしです。研究中の課題をまとめ出版したいが、金も無し。承知した。
崋山　ありがたい。ところでその研究とは？
長英　生理学。人体の性質や器官の役割をつまびらかにし、生命活動の根拠を探る学問、医学の進歩に欠かせぬ分野です。私はその知識を大いに広めて……（熱弁が続く中、ゆっくりと暗転）。
小寺　この出会いがそれぞれの運命の扉を開こうとは、誰一人知る由もなかった。新しきことが始まる時、古きものにも余波は及ぶ。動きをいち早くかぎつけた男がいた。（鳥居の姿が浮かぶ）その名は鳥居耀蔵。実の父は儒学の元締め大学頭《だいがくのかみ》の林述斎《じゅっさい》。鳥居は二十五歳で旗本鳥居家の婿養子になったが、儒学によって徳川の体制を守り抜く執念は、むしろ強まるばかりだった。

鳥居が実父林述斎の屋敷を訪れて、話しだす。

鳥居　父上、林家一大事です。昨今、紀州藩儒学者の遠藤勝助殿が幕臣文人らと尚歯会《しょうし》なる会合を重ねている由。高野長英ら蘭学かぶれがまじり、特に渡辺登などは林家本流の佐藤・松崎両先生の弟子でありながら蘭書を買い集め高野らに翻訳させています。シーボルト事件が一段落したとはいえ、儒学者が蘭学者と西洋事情を語り合うなどもってのほか、林家のみならず幕府においても重々警戒すべきことと考えます。

暗転。

第二幕

第一場　相模の国　お銀さまとの再会

小寺　三十代終わり頃、崋山は相模の国を旅した。目的の一つは、友信様の実の母君お銀さまを探し出すことだった。厚木の山里を尋ね歩き、ついにそれらしき農家を見つける。手ぬぐいかぶった女が出てきた。お銀さまが江戸にいた頃は二十歳、崋山十四歳。女の顔に面影を探るが定かでない。だが耳元に大きないぼを見つけ、お銀さまだと確信する。旅日記に次のように書き残した。

舞台は人形浄瑠璃の趣向よろしく、崋山とお銀さまの人形が現れ、義太夫語りと三味線の調子に合わせて動きだす。

語り　……名は何と申すやと女に問えば、町と答えり。されば誤りかと思いしが、いぼこそ証《あかし》なりと、もしやお銀と申せしこともあらずやと問えば、女驚きたる体《てい》にて、昔江戸に在りし時はさも言いし事あり、されば君は麹町より来たり給うやと、女初めとは変わりたる顔にてまずは奥の方に入《い》り給えと言う。中は板敷にて畳なし。女、花筵《はなむしろ》持ち出でて座を設け、頭《かしら》の手ぬぐい取り払えば、まごうべくもあらぬその人なり。互いに涙にむせびて言葉もなく、しばし時過ごす。我が名をお覚え候《そうろう》かと問えば、女は、上田ますみ様かと答う。我、さにあらず、上田は十五六年前亡くなりたりと言えば、女、さすれば渡辺登様にて候べし、いかがの故《ゆえ》にてお尋ね下され候や、さて夢にてもあるべし……。

小寺

思わぬ再会に感激したお銀さまは、昼餉《ひるげ》を用意し崋山をもてなしてくれた。家族は子供が五人、夫は素朴で頑健そうな男。貧しくも幸せそうな一家を見た崋山は、手元に旅の路銀だけ取り、残りの金子《きんす》をすべて渡して別れた。……こうした喜びの一方で、その頃の崋山は身内を次々に亡くしていた。

字幕映る。（一行ずつ文字を足していく）

文政十二年　弟　喜平次　二十五歳　病死
文政十三年　弟　熊次郎　二十八歳　客死
天保二年　妹　まき　三十二歳　病死
同年　祖母　おりん　九十六歳　老衰

暗転。

第二場　崋山の家

崋山と長英が、翻訳書を手に話している。

崋山　(読みながら) 今やアジアで独立を保つのは日本とペルシアのみ、世界のほとんどがヨーロッパ人の所有……長英殿、アメリカやロシアはなぜそれほど強大になり得たのだ。

長英　……物理学の進歩でしょう。

崋山　物理?

長英　物事の理を究める学問。例えば、雷が怖いからといって耳をふさぐのでなく、雷とは何なのかその正体を探る。

崋山　……本質を見きわめるのだな。

長英　しかも物理学は自然界のみならず人事にも及び、国の大本を左右する学問と言ってよいでしょう。(別の書を渡す)

崋山　……(読み) アメリカが独立する時、人々は君主を置くのをやめて、話し合いをもと

長英　にする国を生み出した。そんなことができるのか……これは軽々には人に話せぬぞ。
崋山　（笑って）幕府に知れたらお縄です。シーボルト先生から聞いたのですが、教育の仕組みにも驚きます。幼少期から大学校まで学ぶ機会が保障され、仕事を選ぶ自由まである。身分制度はなく、研究成果は国中に広められる。
長英　学問の道がそこまで開かれているのか。世界の動きを知ることなく、果たして我々は、日本はこのままでよいのか……。
崋山　まさに井の中の蛙。
長英　もっと知らねば！　日本がどう進むべきか、世界から学べることがそこにある筈。
崋山　崋山さん、侍なんてやめたらどうです。
長英　……。
崋山　私は、やめて楽になりました。蘭学研究に打ち込めるし、啓蒙の書だって書ける。塾だって開ける。
長英　（苦笑して）無茶を言う。今、わが藩はいくつも問題を抱えて立ち往生しているのだ。
崋山　立ち往生は……あなた自身もだ。
長英　……。

暗転。

第三場　三河　田原城　謁見の間

天保四年（一八三三）一月。新藩主康直に崋山が対面している。

康直　年明け早々、よく来てくれた。田原は何年ぶりかな。
崋山　六年ぶりです。
康直　私が藩主になった頃か。いつまでいられる。
崋山　四月まで、海岸一帯と領内を見分します。
康直　ならば、猪狩りを一緒にできる。……巣鴨のご隠居様はお達者か。
崋山　はい。蘭学の研究に励んでおられます。
康直　それほど傾倒なさるとは……まあ、よい。藩主の座を横取りされたと恨まれるより私も気が楽、しかと頼んだぞ。ところで紀州藩の船の件はどうなった。
崋山　座礁した船の積み荷を奪い取ったのですから、田原の領民たちに弁解の余地はありませぬ。船主たちは怒り心頭にて、高額な賠償金を要求しております。
康直　すでに半年、策はあるのか。

鳥影社出版案内

2021

イラスト／奥村かよこ

choeisha

文藝・学術出版 鳥影社

〒160-0023 東京都新宿区西新宿 3-5-12 トーカン新宿 7F

TEL 03-5948-6470 FAX 0120-586-771（東京営業所）

〒392-0012 長野県諏訪市四賀 229-1（本社・編集室）

TEL 0266-53-2903 FAX 0266-58-6771 郵便振替 00190-6-88230

ホームページ www.choeisha.com メール order@choeisha.com

お求めはお近くの書店または弊社（03-5948-6470）へ

弊社への注文は 1 冊から送料無料にてお届けいたします

＊新刊・話題作

永田キング
澤田隆治（朝日新聞ほかで紹介）

今では誰も知らない幻の芸人の人物像に、放送界の名プロデューサーが長年の資料収集と関係者への取材を元に迫る。　3080円

空白の絵本 ―語り部の少年たち―
司　修（東京新聞、週刊新潮ほかで紹介）

広島への原爆投下による孤児、そして「幽霊戸籍」。NHKドラマとして放映された作品を小説として新たに描く。　1870円

そして、ニューヨーク【私が愛した文学の街】
鈴木ふさ子（産経新聞で紹介）

この街を愛した者たちだけに与えられる特権それは〝魅力の秘密〟を語ること。文学、映画ほか、その魅力を語る。　2090円

出来事
吉村萬壱（朝日新聞・時事通信ほかで紹介）

季刊文科62～77号連載「転落」の単行本化　芥川賞作家・吉村萬壱が放つ、不穏なるホンモノとニセモノの世界。　1870円

有吉佐和子論 ―小説『紀ノ川』の謎―
半田美永

小説『紀ノ川』に秘められた謎とは何か。有吉佐和子と同郷であり、紀ノ川周辺にも詳しい著者により封印された真実が明らかに。　2200円

魚食から文化を知る ―ユダヤ教、キリスト教、イスラム文化と日本
平川敬治（読売新聞ほかで紹介）

日本人に馴染み深い魚食から世界を知ろう！魚と、人の宗教・文化形成との関係という全く新しい観点から世界を考察する。　1980円

オートバイ地球ひとり旅　アフリカ編（全七巻予定）
松尾清晴

19年をかけ140ヵ国、39万キロをたったひとりで冒険・走破したライダーの記録。本書では命懸けのサハラ砂漠突破に挑む。　1760円

親子の手帖
鳥羽和久（四刷出来）

現代の「寺子屋」を運営する著者による、親と子の幸せの探し方。現代の頼りない親子達が幸せを見つけるための教科書。　1320円

5Gストップ！
古庄弘枝

電磁波過敏症患者たちの訴え&彼らに学ぶ電磁放射線から身を守る方法　550円

5G（第5世代移動通信システム）から身を守る
古庄弘枝

商用サービスが始まった5G。その実態を検証し、危険性に警鐘を鳴らす。　550円

香害から身を守る
古庄弘枝

よかれと思ってつけるその香りが隣人を苦しめ大気を汚染している。「香害」です。　550円

愛知ふるさと素描　河村アキラ

『名古屋ふるさと素描』に、新たに40枚を追加。愛知県内各地に残されたニッポンの消えゆく庶民の原風景を描く。1980円

純文学宣言
季刊文科25～86（61より各1650円）

〈編集委員〉伊藤氏貴、勝又浩、佐藤洋二郎
富岡幸一郎、中沢けい、松本徹、津村節子

【文学の本質を次世代に伝え、かつ純文学の孤塁を守りつつ、文学の復権を目指す文芸誌】

＊価格はすべて税込です。

新訳金瓶梅（全三巻予定）

田中智行訳（朝日・中日新聞他で紹介）

三国志などと並び四大奇書の一つとされる、金瓶梅。そのイメージを刷新する翻訳に挑んだ意欲作。詳細な訳註も。　3850円

小竜の国――亭林鎮は大騒ぎ

韓寒著　柏葉海人訳

中国のベストセラー作家にしてマルチに活躍する韓寒の第6作。上海・亭林鎮を舞台にカワサキゼファーが疾走する！　1980円

スモッグの雲

イタロ・カルヴィーノ著　柘植由紀美訳

樹上を軽やかに渡り歩く「ペンのリス」、カルヴィーノの一九五〇年代の模索がここにも。他に掌篇四篇併載。　1980円

キングオブハート

G・ワイン・ミラー著　田中裕史訳

心臓外科の黎明期を描いた、ノンフィクション。彼らは憎悪と恐怖の中、未知の領域へ挑んでいった。　1980円

藤本卓教育論集

〈教育〉〈学習〉〈生活指導〉

藤本 卓

子どもは、大人に教育されるだけでは育たない。筆者の遺した長年の研究による教育哲学の結晶がここにある。　3960円

アナイス・ニンとの対話

――インタビュー集――

アナイス・ニン研究会 訳

男性をまきこむ解放、男性と戦わない解放、男性を愛して共闘する解放を強調したアメリカ作家のインタビュー集。　1980円

日本の臨床現場で専門医が創る

図解 精神療法

広岡清伸

心の病の発症過程から回復過程、最新の精神療法を、医師自らが手がけたイラストとともに解説する。A4カラー・460頁。　13200円

アルザスワイン街道

――お気に入りの蔵をめぐる旅――

森本育子（2刷）

アルザスを知らないなんて！　フランスの魅力はなんといっても豊かな地方のバリエーションにつきる。　1980円

ヨーゼフ・ロート小説集

平田達治　佐藤康彦　訳

第一巻　優等生、バルバラ、立身出世
　　サヴォイホテル、曇った鏡　他
第二巻　ヨブ・ある平凡な男のロマン
　　タラバス・この世の客
第三巻　殺人者の告白、偽りの分銅・計
　　量検査官の物語、美の勝利
第四巻　皇帝廟、千二夜物語、レヴィア
　　タン（珊瑚商人譚）
別　巻　ラデツキー行進曲（2860円）

四六判・上製／平均480頁　4070円

カフカ、ベンヤミン、ムージルから現代作家にいたるまで大きな影響をあたえる。

ローベルト・ヴァルザー作品集

新本史斉／若林恵／F・ヒンターエーダー＝エムデ 訳

1　タンナー兄弟姉妹
2　助手
3　長編小説と散文集
4　散文小品集I
5　盗賊／散文小品集II

四六判、上製／各巻2860円

詩人の生　新本史斉訳（1870円）

絵画の前で　若林恵訳（1870円）

微笑む言葉、舞い落ちる散文　新本史斉著
ローベルト・ヴァルザー論（2420円）

*歴史

戦国史記 風塵記・抄 ―本能寺から山崎、賤ヶ岳へ―
福地順一

本能寺の変に端を発し、山崎の戦い、清洲会議、賤ヶ岳の戦いと続く織田家の動乱を風塵（兵乱）を軸に描く。 1650円

一五〇年前のIT革命 岩倉使節団のニューメディア体験
松田裕之

「一身にして二生」を体験する現代人必読の一冊。AI時代を生き抜くヒントがここにある！ 1705円

桃山の美濃古陶 古田織部の美
西村克也／久野 治

古田織部の指導で誕生した美濃古陶の未発表の伝世作品の逸品約90点をカラーで紹介。桃山茶陶歴史年表、茶人列伝も収録。 3960円

五島列島沖合に海没処分された潜水艦24艦の全貌 浦 環 （二刷出来）

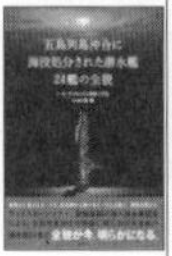

日本船舶海洋工学会賞受賞。実物から受けるオーラは、記念碑から受けるオーラとは違う。実物を見よう！ 3080円

大動乱の中国近現代史 対日欧米関係と愛国主義教育
松岡祥治郎

アヘン戦争から習近平体制に至るまで、大動乱を経て急成長した近代中国の正と負の歴史を克明に描く。 3080円

幕末の長州藩 西洋兵学と近代化
郡司 健

海防・藩経営及び会計的側面を活写。西洋の産業革命に対し伝統技術で立向った長州藩の歴史。 2420円

天皇の秘宝 ―さまよえる三種神器・神璽の秘密―
深田浩市

二千年の時を超えて初めて明かされる「三種神器の勾玉」衝撃の事実！ 日本国家の祖、真の皇祖の姿とは!! 1650円

西行 わが心の行方
松本 徹 （二刷出来）（毎日新聞で紹介）

季刊文科で「物語のトポス西行随歩」として十五回にわたり連載された西行ゆかりの地を巡り論じた評論的随筆作品。 1760円

浦賀与力中島三郎助伝 木村紀八郎
幕末という岐路に先見と至誠をもって生き抜いた最後の武士の初の本格評伝。 2420円

軍艦奉行木村摂津守伝 木村紀八郎
若くして名利を求めず隠居、福沢諭吉が終生敬愛したというサムライの生涯。 2420円

南の悪魔フェリッペ二世 伊東 章
スペインの世紀といわれる百年が世界のすべてを変えた。黄金世紀の虚実1 2090円

フランク人の事蹟 第一回十字軍年代記
丑田弘忍訳 第一次十字軍に実際に参加した三人の年代記作家による異なる視点の記録。 3080円

大村益次郎伝 木村紀八郎
長州征討、戊辰戦争で長州軍を率いて幕府軍を撃破した天才軍略家の生涯を描く。 2420円

新版 日蓮の思想と生涯 須田晴夫
日蓮が生きた時代状況と、思想の展開を総合的に考察。日蓮仏法の案内書！ 3850円

天皇家の卑弥呼 （三刷） 深田浩市
倭国大乱は皇位継承戦争だった!! 文献や科学調査から卑弥呼擁立の理由が明らかに。 1650円

古事記新解釈 南九州方言で読み解く神代
飯野武夫／飯野布志夫 編 『古事記』上巻は南九州の方言で読み解ける。 5280円

*小説・文芸評論

地蔵千年、花百年
柴田 翔（読売新聞・サンデー毎日で紹介）

芥川賞受賞『されど われらが日々―』から約半世紀。約30年ぶりの新作長編小説。戦後からの時空と永遠を描く。 1980円

頂上の一夜
丸山修身（クロワッサンほかで紹介）

季刊文科、文学2018などに掲載された表題作ほか四作品を収録した作品集。勝又浩氏推薦。 1760円

夏目漱石の中国紀行
原武 哲（西日本新聞ほか各紙で紹介）

漱石は英国留学途中に寄港した上海・香港、後年の満韓旅行で中国に何を見たのか？ 現地を踏査し漱石に与えた影響を探る。 3080円

夕陽ヶ丘―昭和の残光―
徳岡孝夫／土井荘平

十五歳にて太平洋戦争の終戦を見た「昭和の子」は何を語り伝えるか。旧制中学の同級生だった二人による最後のメッセージ。 1980円

中上健次論（全三巻）
（第一巻 死者の声から、声なき死者へ）（第二巻 父の名の否〈ノン〉、あるいは資本の到来）（第三巻 幻想の村から）

戦死者の声が支配する戦後民主主義を描く大江健三郎に対し声なき死者と格闘し自己の世界を確立していった初期作品を読む。 各3520円

小説木戸孝允 上・下 ―愛と憂国の生涯―
中尾實信（2刷）

西郷、大久保が躊躇した文明開化と封建制打破を成就し、四民平等の近代国家を目指した木戸孝允の生涯を描く大作。 3850円

漱石と熊楠 同時代を生きた二人の巨人
三田村信行（二刷出来）（東京新聞他で紹介）

いま二人の巨人の生涯を辿る。同年生まれイギリス体験、猫との深い因縁。並列して見えてくる〈風景〉とは。 1980円

エロイ、エロイ、ラマ、サバクタニ
大鐘稔彦

信じていた神に裏切られた男は、神の化身かと見紛うプリマドンナを追い求めてロシアの大地をさ迷い続けるが…… 1540円

「へうげもの」で話題の“古田織部三部作”
久野 治（NHK、BS11など歴史番組に出演）

新訂 古田織部の世界 3080円

千利休から古田織部へ 2420円

改訂 古田織部とその周辺 3080円

ドイツ詩を読む愉しみ
森泉朋子編訳

ゲーテからブレヒトまで 時代を経てなお輝き続ける珠玉の五〇編とエッセイ。 1760円

ドイツ文化を担った女性たち
その活躍の軌跡 ゲルマニスティネンの会編

（光末紀子、奈倉洋子、宮本絢子）3080円

芸術に関する幻想
W・H・ヴァッケンローダー

毛利真実 訳 デューラーに対する敬虔、ラファエロ、ミケランジェロ、そして音楽。 1650円

＊ドイツ語圏関係他

詩に映るゲーテの生涯〈改訂増補版〉
柴田 翔

小説を書きつつ、半世紀を越えてゲーテを読みつづけてきた著者が描く、彼の詩の魅惑と謎。その生涯の豊かさ。　1650円

ペーター・フーヘルの世界 ―その人生と作品
斉藤寿雄（週刊読書人で紹介）

旧東ドイツの代表的詩人の困難に満ちたその生涯を紹介し、作品解釈をつけ、主要な詩の翻訳をまとめた画期的書。　3080円

ヘーゲルのイエナ時代 理論編
松村健吾

概略的解釈に流されることなくあくまでもテキストを一文字ずつ辿りヘーゲル哲学の発酵と誕生を描く。　5280円

生きられた言葉 ―ラインホルト・シュナイダーの生涯と作品―
下村喜八

シュヴァイツァーと共に20世紀の良心と称えられた、その生涯と思想をはじめて本格的に紹介する。　2750円

ヘルダーのビルドゥング思想
濱田 真

ドイツ語のビルドゥングは「教養」「教育」という訳語を超えた奥行きを持つ。これを手がかりに思想の核心に迫る。　3960円

ニーベルンゲンの歌
岡﨑忠弘 訳（週刊読書人で紹介）

『ファウスト』とともにドイツ文学の双璧をなす英雄叙事詩を綿密な翻訳により待望の完全新訳。詳細な訳註と解説付。　6380円

二〇一八 改訂 黄金の星（ツァラトゥストラ）はこう語った
ニーチェ／小山修一 訳

詩人ニーチェの真意、健やかな喜びを伝える画期的全訳。ニーチェの真意に最も近い渾身の全訳。　3080円

『ドイツ伝説集』のコスモロジー
植 朗子

ドイツ民俗学の基底であり民間伝承蒐集の先がけとなったグリム兄弟『ドイツ伝説集』の内面的実像を明らかにする。　1980円

ゲーテ『悲劇ファウスト』を読みなおす　新妻 篤
ゲーテが約六〇年をかけて完成。著者が明かすファウスト論。　3080円

ギュンター・グラスの世界　依岡隆児
つねに実験的方法に挑み、政治と社会から関心を失わなかったノーベル賞作家を正面から論ずる。3080円

グリムにおける魔女とユダヤ人　奈倉洋子
―メルヒェン・伝説・神話―
グリムのメルヒェン集と伝説集を中心にその変化の実態と意味を探る。1650円

フリードリヒ・シラー美学＝倫理学用語辞典 序説
ヴェルンリ／馬上 徳 訳　難解なシラーの基本的用語を網羅し体系化をはかり明快な解釈をほどこし全思想を概観。2640円

新ロビンソン物語　カンペ／田尻三千夫 訳
18世紀後半、教育の世紀に生まれた「ロビンソン・クルーソー」を上回るベストセラー。2640円

東方ユダヤ人の歴史　ハウマン／平田達治・荒島浩雅 訳
その実態と成立の歴史的背景をこれほど見事に解き明かしている本はこれまでになかった。2860円

ポーランド旅行　デーブリーン／岸本雅之 訳
長年にわたる他国の支配を脱し、独立国家の夢を果たしたポーランドのありのままの姿を探る。2640円

東ドイツ文学小史　W・エメリヒ／津村正樹 監訳
神話化から歴史へ。一つの国家の終焉はその文学の終りを意味しない。7590円

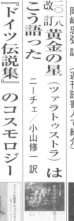

*映画・戯曲・音楽他

モリエール傑作戯曲選集 1～3
柴田耕太郎訳

現代の読者に分かりやすく、また上演用の台本としても考え抜かれた、画期的新訳の完成。 各3080円

イタリア映画史入門 1950～2003
J・P・ブルネッタ／川本英明訳（読売新聞書評）

映画の誕生からヴィスコンティ、フェリーニ等の巨匠、それ以降の動向まで世界映画史をふまえた決定版。 6380円

オットー・クレンペラー 最晩年の芸術と魂の解放 ―1967～69年の音楽活動の検証を通じて―
中島 仁

20世紀の大指揮者クレンペラーの最晩年の姿を通して人間における音楽のもつ意味を浮かびあがらせる好著。 2365円

フランスの子どもの歌50選
三木原浩史

フランスに何百曲あるかわからない子どもの歌から50曲を収録。うたう・聴く楽しみとは、ひと味違う読んで楽しむ一冊。 2200円

魂の詩人 パゾリーニ
ニコ・ナルディーニ／川本英明訳（朝日新聞書評）

常にセンセーショナルとゴシップを巻きおこした異端の天才の生涯と、詩人としての素顔に迫る決定版！ 2090円

映画で楽しむ宇宙開発史
日達佳嗣（二刷出来）

映画から読み解く人類の宇宙への挑戦！宇宙好き×映画好きが必ず楽しめる宇宙の映画を集めた一冊。 1980円

それとは違う小津安二郎
高橋行徳

『東京の合唱』と『生れてはみたけれど―大人の見る絵本』のおもしろさを徹底解明。 1980円

雪が降るまえに
A・タルコフスキー／坂庭淳史訳（二刷出来）

詩人アルセニーの言葉の延長線上に拡がっていた世界こそ、息子アンドレイの映像作品の原風景そのものだった。 2090円

宮崎駿の時代 1941～2008
久美 薫

宮崎アニメの物語構造と主題分析、マンガ史からアニメ技術史まで宮崎駿論一千枚。 1760円

ヴィスコンティ
若菜 薫

「郵便配達は二度ベルを鳴らす」から「イノセント」まで巨匠の映像美学に迫る。 2420円

ヴィスコンティⅡ
若菜 薫

高貴なる錯乱のイマージュ。「ベリッシマ」「白夜」「前金」「熊座の淡き星影」 2420円

アンゲロプロスの瞳
若菜 薫

『旅芸人の記録』の巨匠への壮麗なるオマージュ。（二刷出来） 3080円

ジャン・ルノワールの誘惑
若菜 薫

多彩多様な映像表現とその官能的で豊饒な映像世界を踏破する。 2420円

聖タルコフスキー
若菜 薫

「映像の詩人」アンドレイ・タルコフスキー。その全容に迫る。 2200円

銀座並木座 日本映画とともに歩んだ四十五歩
嵩元友子

ようこそ並木座へ、ちいさな映画館をめぐるとっておきの物語 1980円

つげ義春を読め
清水 正

つげマンガ完全読本！五〇編の謎をコマごとに解き明かす鮮烈批評。 5170円

＊実用・ビジネス

Pythonで学ぶ 回路シミュレーションとモデリング 盛 健次 松澤 昭

Pythonを学ぶ人々へ向けて書かれたテキスト。学生および企業／法人の学習に最適なオールカラー588頁。 6160円

MATLABで学ぶ 回路シミュレーションとモデリング 盛 健次 松澤 昭

MATLAB/SIMULINKを学ぶ人々へ向けて書かれたテキスト。学生および企業／法人の学習に最適なオールカラー546頁。 6160円

AutoCAD LT 標準教科書 2019／2020／2021 2022対応（オールカラー） 中森隆道

25年にわたる企業講習と職業訓練校での実績に基づく決定版。初心者から実務者まで無料動画による学習対応の524頁。3300円

ICCP国際認定CAATs技術者
1冊で学べる！ICCP試験対策テキスト 弓場啓司・上野哲司 監修 弓場多恵子 著

データアナリティクス時代の注目の資格！日本で唯一のICCP試験対策テキスト！基礎確認問題・試験対策問題付。 3520円

「血液型と性格」の新事実 AIと30万人のデータが出した驚きの結論（二刷出来） 金澤正由樹

スポーツ、政治、カルチャー、恋愛など、様々なシーンのデータを分析。血液型と性格の真新しい事実が、徐々に明らかに！ 1650円

誰でもわかる **和音のしくみ** 末松 登 編著／橘 知子 監修

自ら音楽を楽しむ人々、音楽を学ぶ人々のため、和音の成り立ちと進行を誰にでもわかるよう解説する。 1600円

自律神経を整える食事 胃腸にやさしい ディフェンシブフード 松原秀樹

40年悩まされたアレルギーが治った！重度の冷え・だるさも消失した！ディフェンシブフードとは？ 1650円

現代アラビア語辞典 ——アラビア語日本語 田中博一／スバイハット レイス 監修

本邦初1000頁を超える本格的かつ、実用的アラビア語日本語辞典。見出し語1万語以上で例文・熟語多数。 11000円

心に触れるホームページをつくる 秋山典丈
従来のHP作成・SEO本とは一線を画しコンテンツの書き方に焦点を当てる。 1760円

開運虎の巻 街頭易者の独り言 天童春樹
三十余年六万人の鑑定実績。あなたと身内の運命と開運法をお話しします 1650円

成果主義人事制度をつくる 松本順市
30日でつくれる人事制度だから、業績向上が実現できる。（第11刷出来） 1760円

腹話術入門（第4刷出来） 花丘奈果
発声方法、台本づくり、手軽な人形作りまで一人で楽しく習得。台本も満載。 1980円

南京玉すだれ入門（2刷）花丘奈果
いつでも、どこでも、誰にでも、見て楽しく演じて楽しい元祖・大道芸を解説。 1760円

初心者のための蒸気タービン 山岡勝己
原理から応用、保守点検、今後へのヒントなどベテランにも役立つ。技術者必携。3080円

〝できる人〟がやっている〝質の高い〟仕事の進め方 糸藤正士
秘訣はトリプルスリー 1760円

現代日本語アラビア語辞典
田中博一／スバイハット レイス 監修
見出語約1万語、例文1万2千収録。 8800円

崋山　賠償など領民にはできませぬ。示談ですむよう交渉を重ねております。
康直　相手は徳川御三家、穏便にすむよう運んでくれ。……時に、相談がある。幕府に奏者《そうしゃ》番を願い出ようと考えている。
崋山　……康直様。奏者番とは、どんな役目とお心得ですか。
康直　大名が将軍様に御目見えする際の取り次ぎ役、この上なき名誉なお役だ。
崋山　それを名誉と……噂では、幕閣からの便宜供与を期待して、取り次ぎの際に贈与の品が幅をきかすとのこと。お役を望む者はその甘い汁吸いたさにー
康直　私はそれほど卑しくない！　……崋山。奏者番になって私の働きが認められれば、我が藩も何かとお引き立てを受けられるやも知れぬ。それは領民にとっても大いにー
崋山　そのお役につくため、どれだけの賄賂が必要と？
康直　……。
崋山　一足飛びのご出世をお望みになっても、所詮それは根無し草。実ることはありませぬ。民百姓、家来の困窮に目をお向け下さい。難破船からこぼれた積み荷を農民漁民が我先にと争って手にしたのは、何故《なにゆえ》です。その貧しさ、哀れさに藩主として思いをいたして下さい。

康直　……。

崋山　まして近頃の殿の散財、目に余ります。倹約令をお忘れですか。

康直　……。

崋山　聞けば、殿はまだ領内を歩いておられぬとのこと。ご自身の目でくまなくご覧下さい。殿が政《まつりごと》を手厚くなされば、そのお心が領内に根を張り、殿の名声も自ずと幕閣に届く日が来るでしょう。焦らず、その日を待つのです。

康直　……わかった……考えてみる。

いったん暗くなる。

真木　（下手で崋山を迎え）奏者番の件、いかがでしたか。

崋山　おいさめしたが、簡単にはいかぬな……。

真木　どうやら姫路のご兄弟や親戚筋の間で、出世争いがあるようです。

崋山　折を見てまた話す。……ところで真木、私は藩を根本から改革したいと考えている。一つは俸給制度。人材を広く活用するため、家柄によるものでなく、実際の働きに応じた俸給とする。

真木　人材活用は結構ですが、既得権のある者から不平も出るのでは……。

崋山　だが、若い者には刺激になる。よどんだ空気を一新したい。今一つは財政難打開のため産業を興す。良い指導者が見つかった。九州の農学者、大蔵永常。さとうきびや櫨《はぜ》の栽培、加工の技術を指導してもらう。

真木　砂糖とロウソクの原料ですね。

崋山　成功まで数年はかかるだろう……。

真木　私も勉強します。して、当面のご予定は。

崋山　表浜から伊良湖岬まで見分する。今回はぜひとも伊良湖水道を渡り神島に上陸したい。あそこの海は本当に手ごわい。（苦笑して）若い頃にも挑んだが、大波に翻弄され引き返した。

真木　くれぐれも御用心を。渡辺様に万が一のことあっては、わが藩は立ちいかなくなります。

崋山　買いかぶるな。……私にそれほどの力はない。

真木　もはや国元の重役たちで殿に直言できる者はおりませぬ。

崋山　……真木、正直に言おう。私の心は……揺れている。

真木　……？

崋山　口では藩のこと康直様のことを言いながら、その裏では別の自分が頭をもたげる。

真木　……それは？

崋山　あせりだ……絵師としての……今のままでは、私は……。

真木　これまでも両方おやりに―

崋山　家老になったのだ、たやすくはいかぬ。重役らは、私の提案にいちいち異議を唱える。確執もある。雑念が、筆を持つ手を妨げる……。

真木　……。

崋山　すまぬ。つい、弱気を……江戸を離れて心が緩《ゆる》んだようだ。

真木　私にできることあらば、何なりと……。（一礼して去る）

崋山　……絵筆を持てば、私は天下一にもなれる！　もっと描いて腕を磨きたい！　だが、今の私にそれは許されぬ。蘭学もだ。長英の言うとおり、このままでは生かじりで終わる。世界の動きをあやまたず学びたい！　それなのに、この身はちっぽけな藩の一家老に過ぎぬのに、なすべきことは次々とふりかかる。自由に生きたい！　……父上、教えて下さい。私は、どうすべきでしょうか……。

いったん暗くなる。

小寺　崋山、四十一歳。己の生き方に悩みつつも、藩の激務から逃れることはできなかった。そのうえ、この年から日本中が天候不順に見舞われ米の値が暴騰し、一揆や打ちこわしが続いた。天保《てんぽう》の大飢饉が迫っていた。多忙を極めた崋山は、ついに大病を患ってしまった……。

暗転。

第四場　崋山の家

天保八年（一八三七）二月。家の玄関外。
絵の稽古が終わった後。よのと椿山がいる。

よの　椿先生、御指南ありがとうございました。

椿山　よのさん、先生はよして下さい。ご病気の崋山先生に頼まれ引き受けただけです。教えるほどの技量など私にはありません。

よの　ご謙遜を。山水画の構図をほめて下さり、嬉しかったです。私、考えてみたら父の勧めで十歳の時入門して以来、崋山先生からほめられたことなどありませぬ。やれ、筆遣いがなっていない、やれ、色の配置をよく考えなさい。ほかのお弟子さんと違い、先生、私にだけ冷たいんです。

椿山　（笑って）よのさんに期待しておられるのでしょう。

よの　そうでしょうか。……先生の御容態は？

椿山　一進一退とか……。

よの　……。
椿山　飢饉対策のため殿さまがお国入りをお命じになった由《よし》。やむなく、先生は病床で「凶荒心得書」を書き上げ、代理として真木定前様をお遣わしになったと聞きました。
よの　……私、奥様にお会いしたく……先にお帰り下さい。
椿山　では。（去る）

よの、一人になり、ためらう。
庭先に、たかが出てくる。看病の疲れが見て取れる。

たか　……。
よの　（たかに気づいて）……奥様。
たか　（ハッとして）……よのさん。……お稽古はすみましたか。
よの　はい。……あの、奥様……先生のお加減、いかがでしょうか。
たか　……相変わらずです。
よの　（手かごを差し出し）今朝、卵が少々手に入りましたので……先生に滋養をつけてい

たか　ただこうと……。
よの　（受け取らず）私が……努めていないと……。
たか　いえ、そういう意味では……。
よの　……。
たか　あの……できれば一言、先生にお見舞いのご挨拶を……。
よの　……あなたは、何を……夫は重い病に臥《ふ》しているのです。……大体、日頃私は、あなたのそういう無遠慮さを……。
たか　（動揺して）すみませぬ……お許しを。（手かごを脇に置き、辞儀をして足早に去る）
……。

陰でやり取りを聞いていた栄が、静かに歩み寄り手かごを取る。

たか　お母様……お聞きでしたか。
栄　……。
たか　……私……意地悪を言ってしまいました……。

栄　たかさん。あなたは、登によく尽くしてくれています。この三月の手厚い看病……礼を言います。

たか　お母様……。

栄　登が来てほしいそうです。

たか　はい……。（去る）

栄　……。（手かごの手巾《しゅきん》を取って卵を見る。押しいただくようにする）

暗転。

第五場　三河　田原城の付近

少し離れた所に、報民倉《ほうみんそう》（米倉）の看板が見える。

藩主康直と真木がやってくる。

康直　領内の荒れようは思った以上、いよいよ報民倉を開けねばならぬか……。

真木　殿。渡辺様が申されるには、米倉を開ければ人は頼りきる。備蓄米は領民二万人に対しわずか十分の一。それぞれの困窮に応じ慎重に配らねばならぬ。いずれ大阪商人に借金を頼むことにもなろうと。

康直　……崋山はよく見通しておる。（一方を見て）あれは農民たちか。

真木　（視線をやり）……殿、こちらに。（二人、物陰に姿を隠す）

庄屋が、千吉と梅にせき立てられるようにしてやって来る。

千吉　さあ、庄屋様。この千吉、子供と年寄かかえもう限界だ。役人に掛け合って報民倉を

梅　開けさせてくれ！　なあ、梅さんよ。

千吉　うちは五人の子が、水のような粥すすって命つないでるんだ！　（泣く）

梅　二年前あの倉造る時、あんたどう言った。報民とは民に報いると書く、これができたら飢饉になっても大丈夫、名付け親は江戸家老の渡辺様だと。おら今度のご家老は頼りになると思い手伝った。

庄屋　女たちも蔵王山の石取り場から大八車引き、何回往復したか。去年の夏から大雨、大風、高潮、田畑は泥海だ。どうしようもねえ。

千吉　願いの儀は二十四か村の庄屋そろって届けてある……。

庄屋　それが年越ししても沙汰がねえのはなぜだ。日本中何万人と死んでる。加茂郡のように一揆が起きてもいいのか。大阪では大塩平八郎様のように侍が先頭に立ってご政道を正そうって世の中だ。殿様はわかってるのか。

梅　大体、報民倉の名付け親がどうして江戸からおいでにならないのか。崋山先生は本当に病気か？　それとも絵を描くのに忙しいのかね。

庄屋　口を慎め。渡辺様には何度助けて頂いたか。あんたの亭主だって紀州の難破船から積み荷を盗んだ時、軽いお咎めだけですんだのは誰のおかげだ。

梅　そりゃあ、有難いとは思った……。

庄屋　二川《ふたがわ》宿白須賀宿の助郷《すけごう》にかり出されずにすんだのも、渡辺様のお骨折りあってこそ。大名行列のお手伝いなど仰せつかったら、四、五日は家を空ける。渡辺様はな、田原の領民は海の守りに専念させたいと幕府に願い出て下さった。助郷が免除になってみんな大喜びしたでないか。

千吉　今は、生きるか死ぬかだ！

梅　さあ、かけあって下せえ！

真木、康直を残し一人出ていく。

真木　……渡辺様は病の床についておられる。いつわりではない。

突然現れた武士の真木に驚き、一同下がる。

真木　私は田原藩用人の真木定前。飢饉対策にあたるため渡辺様の代行として江戸より参った。

庄屋　ご苦労様にてございます。（一同、神妙になる）

真木　お殿様も領内のご視察をなさった。近々お助け米をお命じになるだろう。

梅　本当ですか！　この通りです！（手を合わせる）

千吉　どうか一日も早く……。

庄屋　何卒よろしくお願いします。（三人、去る）

康直が姿をあらわす。

康直　……たとえ一人の領民たりとも、飢え死にさせたならば藩主の罪。

真木　殿……。

康直　（苦笑して）おどされた、崋山に。心得書に書きおった。藩主は民あってこそのもの、ゆめゆめ藩主あってこそなどとは考えぬように、とな。あやつめ、一国の主君に対して遠慮というものがない。なあ、真木。

真木　（頭を下げる）……。

暗転。

第六場　崋山の家の庭先、神社の裏手

小寺　報民倉が功を奏し、田原藩はどうにか大飢饉を乗り越えた。崋山の病も次第に快方に向かっていった。だがその矢先、渡辺家をまた不幸が襲った。崋山の一番下の弟五郎が、急死したのだ。崋山の妹が、息子を連れて駆けつけた。

第一景　崋山の家の庭先

天保八年（一八三七）七月。
家の庭先。五郎の葬儀を終えた昼下がり。

崋山　（一人、たたずんでいる）……。
もと　（やって来て）兄上、こちらでしたか……。
崋山　……もと。
もと　五郎の葬儀、たくさんの方が見送って下さいましたね。

崋山　うむ……。喜太郎はどうしている。

もと　随分しょげていました……。

崋山　五郎を兄のように慕っていたからな……。

もと　武四郎さんが連れ出してくれたようです。……私この頃、我が子ながら喜太郎の気持ちがわからなくなります。

崋山　十七だ。あの年頃はああいうものさ。まして商家に生まれた長男、期待もされる。どうしてよいかわからないのだろう。長い目で見てやれ。

もと　剣術も習いたいらしく……勝手を言いますが、少しの間こちらに預かっていただけませんか。桐生の家はおばあ様があのように厳格ですし、夫は口数少なくこのままだと喜太郎は悪さを覚えそうで……どうやら、女の人にも興味を持ちはじめたようで、この間も浮世絵をこそこそ見てるので訊ねたら、あわてて隠し怒りだして……。

崋山　（苦笑して）年頃だな。

もと　兄上……。

崋山　……そうだな、我が家の三人の子も育ち盛りだ。五郎がしてくれたように喜太郎に面倒を見させるか。たかも助かるだろう。

もと　そのようなこと、あの子にできるでしょうか。
崋山　できるさ。役目をもらえば、人は育つ。五郎がそうだった。
もと　すみませぬ。お世話をおかけします。
崋山　……我ら八人兄妹、とうとう五人が身まかってしまったな。
もと　残るは、兄上と私と助右衛門だけ……。
崋山　……もと。今更言っても詮無いが、長患いをして考えたことがあった。私に万が一のことあらば、渡辺家はどうなる。今のうちに跡目を決めておかねばと。
もと　ご長男の立様《たつ》が……。
崋山　立はまだ五歳、幼すぎる。その時ひらめいた。そうだ、五郎がいる。私が再起できぬ場合、弟の五郎に家督を継がせよう、それならば母上も必ずや安堵なさるし、泉下の父上もお許し下さるだろうと……。
もと　兄上は、そこまでお考えに……。（涙する）
崋山　その五郎を……こんなにも早く亡くすとは……。

ゆっくりと暗転。

第二景　神社の裏手

降るような蝉時雨。
突然、絶叫がつんざき、蝉の声はたとやむ。
舞台明るくなる。近くの神社の裏手。
金子武四郎（二十三歳）が、喜太郎（十七歳）に木刀で稽古をつけている。

喜太郎　キエーッ！（金子めがけて木刀を振り下ろしていく。息が上がっている）
金子　（たやすくかわす）腰が入ってない！
喜太郎　（なおも荒々しく踏み込む）教えてくれ、武四郎さん！　人の生き死には、誰が決める！
金子　喜太郎……。今日の稽古はここまでとしよう。（喜太郎は思いをぶつけるかのようにさらに向かう）心を静めろ！（腕をつかみ、地面に倒す）
喜太郎　……ちくしょう、なぜだ！　……五郎さんが、あんないい人が、流行り病なんかであっけなく死ぬなんて……まだ二十二じゃないか……。
金子　……。

喜太郎　おいら……大好きだった……。

金子　わかるぞ。……だがな、喜太郎。悲しんでいるのはお前だけではない。崋山先生もお前の母上も、年の離れた弟五郎さんをどんなにかわいがっていらしたか……。まして、親である栄様のお嘆きはいかばかりか……。

喜太郎　わかってるよ。……五郎さんは不思議な人だったな。いつも穏やかで、おいらの愚痴をにこにこ聞いてくれた。崋山先生に絵を習いに江戸に来るたび、五郎さんに会うのが楽しみだった。あの澄んだ目に見つめられると、安心して何でも話してしまう。心が楽になっていくんだ……。

金子　ああ……そういう人だった。

喜太郎　……これからは、武四郎さんに相談相手になってもらおうかな。少し頼りないけどね。

金子　（苦笑して）こいつめ……。

喜太郎　……武四郎さんの家は三河吉田で魚屋をやってるんでしょ。おいらの桐生の家は絹の取引。親父の口癖は家を継げ、これだけ。けど、あんな山の中で一生を終わりたくない……。武四郎さんは、どうして江戸に出てきたの。

金子　魚屋を手伝いながら道場で剣術を習ううち、のめりこんでいった。筋がいいと言われ、剣の道を究めたくなった。四男だから自由もきいた。親に頼み込み吉田藩の足軽になり江戸に出てきたってわけだ。

喜太郎　崋山先生とは、どうやって知り合ったの。

金子　武士になるなら絵や学問もと思い、人に相談したら先生を紹介された。ところが私は、絵は下手だし学問も苦手。五郎さんとは大違い。それでも運の良さだけは持ち合わせているようだ。先生のお宅に居候させていただき、おそばにいるだけで何かが身につく気がする。絵も一流、家老としても一流、大飢饉でも田原は一人の餓死者も出さなかった。何より先生には人としての品格がある。そう思わぬか。

喜太郎　ほめてばかりだね。……けど、崋山先生、まじめひとすじでもないよ。

金子　(笑って) 知ったふうなことを。

喜太郎　おいらに、あるものをくれたんだ。

金子　あるもの？

喜太郎　春画さ。

金子　……今……何と言った。

喜太郎　春画だよ、春画。お前も年頃だ、これをやる。母上には言うなってね。

金子　驚いたな……いつ？
喜太郎　去年。菱川師宣の写しと言ってた。
金子　今、どこにある？
喜太郎　内緒。
金子　今度、見せてくれ。
喜太郎　考えとく。
金子　こいつめ！

暗転。

第七場　遠藤勝助の屋敷

小寺　大飢饉の一方で、江戸湾の浦賀では一大騒動が起きた。モリソン号という異国船が侵入しようとしたのだ。長崎ではたびたびあったが、今度はお江戸の真ん前だ。大砲で打ち払ったが、このことは翌年、崋山たちを巻き込み、予想だにしない展開を見せることになる。

天保九年（一八三八）十月。
紀州藩儒学者、遠藤勝助の屋敷。尚歯会の会合が開かれている。
遠藤、崋山、長英、江川英龍《ひでたつ》がいる。
崋山が、壁にかけた地図を棒で指しながら世界情勢を語っていたところ。

崋山　……以上が、今私の知る世界情勢です。
遠藤　いやはや、遠藤勝助驚き申した。儒学の域を超えておる。江川殿、いかがかな。
江川　渡辺殿のご研究、感服しました。それがし伊豆・相模の海を警護する役目ゆえ軍事に

郵便はがき

料金受取人払

諏訪支店承認

2

差出有効期間
令和5年4月
30日迄有効

392-8790

〈受取人〉

長野県諏訪市四賀229－1

鳥影社編集室

愛読者係　行

ご住所	〒□□□-□□□□
(フリガナ) お名前	
お電話番号	(　　　)　　　-
ご職業・勤務先・学校名	
eメールアドレス	
お買い上げになった書店名	

鳥影社愛読者カード

このカードは出版の参考にさせていただきますので、皆様のご意見・ご感想をお聞かせください。

書名	

① 本書を何でお知りになりましたか？

ⅰ．書店で
ⅱ．広告で（　　　　　　　　　　　）
ⅲ．書評で（　　　　　　　　　　　）
ⅳ．人にすすめられて
ⅴ．DMで
ⅵ．その他（　　　　　　　　　）

② 本書・著者へご意見・感想などお聞かせ下さい。

③ 最近読んで、よかったと思う本を教えてください。

④ 現在、どんな作家に興味をおもちですか？

⑤ 現在、ご購読されている新聞・雑誌名

⑥ 今後、どのような本をお読みになりたいですか？

◇購入申込書◇

書名　　　　　　¥　　　　（　　）部

書名　　　　　　¥　　　　（　　）部

書名　　　　　　¥　　　　（　　）部

遠藤　ついてもうかがいたい。イギリスの動き、何かご存知か。
江川　（声をひそめ）実は昨日幕府評定所の芳賀《はが》市三郎殿が来て、驚くべき話を聞かされた。
遠藤　去年江戸湾に侵入した異国船はイギリスのモリソン号で目的はわが国の漂流民七人の送還、三人はアメリカ西海岸、四人はルソン島で助けられた由。
江川　漂流民を返しに……。
遠藤　結局浦賀と薩摩で打ち払われ、船はマカオに戻った。この話をオランダ商館長から聞いた長崎奉行は、ならば漂流民をオランダ船に託して返させてはどうかと幕府に伺いを出した。ご老中水野忠邦様は、役職らに意見を問うた後、評定所に諮問なされた。
江川　して、結果は？
遠藤　長崎奉行の提案に賛成したのは勘定奉行と目付たちと林大学頭、ところが評定所は反対した。加えて、モリソン号が再来した場合は断固打ち払うべしと。
長英　漂流民を返すのに追い払えだと？　人の命を何だと思ってやがる！
崋山　うむ。異国の人々は、日本をたいそう野蛮な国と見るだろう。
遠藤　評定所は、イギリスが七人をおとりに交易を求めると警戒しているようだ。
長英　その時はその時、話し合えばよい。そんな狭い料簡《りょうけん》でどうする。

江川　同感です。人命と国の守りは、分けて考えるべし。

崋山　西洋人は常に領土拡大をめざしている。日本がかたくなな態度を取り続けるなら、かえって侵略の口実を与えかねない……。

長英　崋山さん。私は何か書いてみたくなった。言わば、警告の書だ。幕府の良識派や心ある同志に気づかせたい。打ち払い政策を続けるなら、日本は事の善悪も分からぬ国とみなされ、その威信も落ちるばかりだと。

崋山　そして、やがては異国の餌食となる……よし、私も書こう。

遠藤　話の出どころは、ご内密に。幕閣に知れたら芳賀殿は切腹ものだ。

長英　心得た。……まあ、夢でも見たことにして、だれかに語らせるか。うむ、書きやすそうだ。（笑う）

いったん暗くなる。

小寺　モリソン号はイギリスでなくアメリカの船だった。情報が間違っていた。それはともかく、長英はすぐに「夢物語」を書き上げ、作者不明のまま書き写され回覧されていった。崋山は「慎機論」を書いた。「慎機」とはモリソン号の来航に慎重な対応を求めるという意味だ。だが幕府批判が激しすぎると発表をためらい、ひとまず自宅に保管した。この年、鳥居耀蔵は目付となった。敵に監視の目を光らせ、思うままに動ける用意が整ったのだ。鳥居はまず江川と対峙した。

暗転。

第八場　江戸湾　浦賀

三か月後の天保十年（一八三九）一月。
浦賀の海岸。波荒く、風が吹きしきっている。
海を前にして、鳥居耀蔵《ようぞう》と江川英龍が向かい合っている。

鳥居　……江川殿。我らは江戸湾の守りを固めるべく、ご老中水野忠邦様から浦賀周辺の見分を仰せつかった。心して臨みたい。
江川　よろしくお願いいたします。
鳥居　だが、解《げ》せぬことがある。命ぜられたのは観音崎と平根山の備え場二か所。しかるにそこもとは、大島の見分まで願い出た。その上、素性の怪しい二名を新たに同行させようとしている。
江川　素性の怪しい……お言葉が過ぎるのでは。
鳥居　（ほくそ笑んで）では、身の程をわきまえぬ、とでも言おうか。
江川　測量と算術に優れた者を見出したゆえ、呼んだのです。

鳥居　気遣い無用。私の配下には、蝦夷《えぞ》地の測量を経験した小笠原という者がおる。
江川　鳥居様こそ安房、上総、伊豆下田も加えたいと申し出られたのでは？
鳥居　……必要と考えたからだ。
江川　では、おあいこですな。（笑う）
鳥居　……噂では、そこもとの背後には助言者として小藩の家老が控えておるとのこと、その御仁は絵描きでもあるそうな……。
江川　外国事情に明るい方からお教えを受けることは、海の守りを強める上でこれまた必要なこと、いけませぬか。
鳥居　我らは水野様の命によって見分を始めるのだ。家老ごときの出る幕ではない！
江川　……その水野様から江戸湾防備策と測量図の提出を求められています。鳥居様。お互いよい報告ができるよう、励もうではありませぬか。
鳥居　言うまでもない！

波音高くなる中、暗くなる。

前場よりさらに三か月後。

鳥居が江戸の屋敷で、部下の小笠原貢蔵（姿は見えない）を叱責している。

鳥居

小笠原、今日は赤っ恥をかいたぞ。そなたの経験を買って江戸湾を任せた。ところがだ、水野様の御前で江川の測量図を見せられ愕然とした。向こうの精密さに比べ、そなたのは赤子の落書き。奴らは西洋の算術と道具を使っておる。そなたに名誉挽回の機会をやる。水野様より密命が下った。今、「夢物語」と称し異国を褒めわが国をそしる書物が出回っておる。作者として田原藩家老ら数人の名が挙がっておる。各人の行状をつぶさに調べよ。行け！　……水野様の密命などと嘘を言うたが、幕藩体制を守るためだ。西洋の学問など、これ以上のさばらせてなるものか！

暗転。

第九場　おゑんの店

同年五月中旬のある夜。
店の外。椿山が、暗がりに被り物をして立っている。

おゑん　（用心しながら近づき）……あたしに用があるって、どちらさん？
椿山　……。（被り物を取る）
おゑん　椿さん……何ですか、こんな所に呼び出して……まあ、いい男だから悪い気はしないけど。（笑う）
椿山　おゑんさん。（物陰に引っ張り、耳打ちする）
おゑん　（驚愕して）捕まった……崋山先生が？
椿山　しっ！
おゑん　どうして？　先生に限って、盗みとか刀振り回すとかするわけないし……。
椿山　詳しく話してる暇はない、ただ……。
おゑん　ただ？

椿山　先生の考えを快く思わぬ連中がいる……。
おゑん　わかった、田原藩のあのずる賢いお偉方ですね。たしか、村松ー
椿山　もっと大がかりだ。今夜店の二階を借りたい。先生を助けるため仲間と相談する。私の家は役人に見張られているやもしれぬ。あんたの店なら怪しまれぬ。
おゑん　……よござんす。お使い下さい。
椿山　女が一人来る。私が店に入ったら、裏戸のつっかい棒を外して入れてやってくれ。
おゑん　その人、先生のこれですか。（手まねをする）
椿山　何言ってる。絵の弟子だ。
おゑん　あら、そうかしら。まかして下さい。椿さん、先生のこと頼みますよ。
椿山　わかった。

いったん暗くなる。

同日の夜。おゑんの店の二階。
椿山、よの、真木の三人が相談している。

椿山　……まず手を打つべきは牢見舞い。差し入れ屋に頼みます。八丁堀の同心に聞いたら、絵具屋清介という男を紹介されました。その男に一両渡し、あれこれ教えてもらいました。よのさん、頼んだ物、用意できましたか。

よの　(風呂敷を見せ)手ぬぐい、半紙、塩、お菓子など当座の物は……。

真木　私が明日持っていきます。ところで先生は牢名主に差し出す金子《きんす》をどうなさったのでしょう。渡さぬと手ひどい日に遭うとか。

椿山　小寺さんの話では、先生は万が一を考え用意なさっていたようです。ただし、それはあくまで挨拶代わり。清介によれば見回り同心、牢名主、牢番に至るまで常に心づけを渡すこと、それが万事物を言うと。

よの　手紙のやり取りは？

椿山　極秘に。これにも取次がいて、礼金は一回につき一分金が必要と。

真木　地獄の沙汰も金次第か……。

よの　私、心配なことが……牢内はとても不浄で、病気になる人、中には命を落とす人さえいると聞きました。

椿山　何か手だてを考えましょう……。

そこへ、小寺がやって来る。

小寺　助っ人を連れてきた。（金子が続く）

よの　武四郎さん！

金子　（正座して）金子武四郎です。……崋山先生は、武士の素養をわきまえぬ私を優しく迎え入れ、教えて下さいました。大恩人です。ぜひお仲間に！

よの　心強いですわ。

小寺　まずは一杯やりたいところだが……（椿山を見て）いや、冗談、冗談。

真木　お話を。

小寺　奉行所のさる筋に大枚《たいまい》はたいて探ってきた。……お縄となった者たちは、無人島《ぶにんじま》に渡ろうとしたようだ。

金子　無人島？

小寺　江戸のはるか南に浮かぶ島だ。幕府の許可なく七人の男が島に渡り、珍しい薬草や石を持ち帰り一儲けしようとたくらんだ、崋山もその一人ってわけだ。

よの　そんなこと、先生がなさる筈ありません。
金子　その通り！
小寺　だが、訴え出た者がいる。花井虎一という男だ。蘭学者宇田川榕庵の門人で崋山の家に出入りもしたらしい。……よく聞け。ここで目付が登場する。
椿山　鳥居耀蔵……。
小寺　鳥居はだな、手下の小笠原からその報告を聞き、自ら告発状を書いて老中水野様に提出した。七人は捕まり、崋山も取り調べを受けた。そして今日は、首謀者とされる寺の住職を初め、七人そろっての突き合わせがあった。ところが崋山はその住職と面識すらなく、他の者とたくらんだ証拠も見当たらなかったらしい。
よの　それなら……なぜ花井は訴え出たのでしょう。
小寺　どうやら鳥居は別の目的で動いている……。
真木　別の？
小寺　告発状には、高野長英、小関三英、江川英龍の名前もあったらしい……共通するのは
　　　ー
真木　蘭学……そういえば、鳥居と江川様とは江戸湾見分の際、ひと悶着《もんちゃく》あったと先生から

小寺　聞きました。鳥居は、江川様が蘭学を華山先生に学んでいるのを知っていて、先生のことを露骨に非難したようです。

今回江川様はお縄にはならなかったが、長英は手配を知り姿をくらましたままだ。

……思うに、この事件は根が深いようだ。蘭学を忌み嫌う者たちが、それを根絶やしにしようとたくらんだとも読める。

よの　どうして、そこまで……。

小寺　世間に西洋の様子が広まっていけば、幕藩体制そのものが揺らぎかねない。自分らの立場も危うくなる。なんとしても防がねばと考えた……。

金子　なんて奴らだ！

小寺　崋山もまだ安心できぬ。そこで、椿君に考えてもらった。

椿山　（紙を取り出し広げる）先生を助け出すため、秘密の組織を作ります。

金子　おう！

椿山　取り組むことは三つ。獄中への差し入れ、吟味《ぎんみ》の聞き取り、万が一に備えて赦免《しゃめん》の働きかけ。協力者をさらに集めます、ただし信用できる者のみ。

小寺　うむ、何事も細心の注意が必要だ。

真木　藩の重役たちがどう動くか気になります。私が探ります。
小寺　頼んだ。
金子　連絡係は私に。馬力だけはあります。
よの　先生のためなら、私何でもいたします。
小寺　お父上に働きかけてほしい。斎藤殿は上州のお代官、ご親戚筋も幕閣とのつながりがおありだ。いざという時お助け願いたい。
よの　承知しました。
椿山　先生のお内儀おたか様のお父上、和田様には松崎慊堂先生を担当してもらいます。崋山先生は老中水野様の用人小田切要助様と親しく、共に慊堂先生の門下生です。水野様への働きかけができるやもしれません。
小寺　よい考えだ。それと崋山は水戸藩の立原杏所《きょうしょ》と絵を通じての親友だ。水戸の徳川斉昭《なりあき》公から水野様へのお声かけも期待できるやも。他にはと……。

話が続く中、暗くなっていく。

一隅に鳥居の姿が浮かび上がる。書面に目を通している。

鳥居　……渡辺登を助けようと仲間が動き出したか。まあよい。問題は、奴の首根っこを抑える決定的な証拠……家探しさせるか。よし、何としても見つけ出してやる！（書面を破り、消える）

小寺　取り調べで崋山は無人島の事件には無関係となった。だが、思わぬ展開が待っていた。三日目、小関三英が自ら命を絶った。四日目、高野長英がついに自首した。そして八日目、崋山の家から押収された書類の中に、「慎機論」の下書きが見つかったのだ。さらに厳しい追及が始まった……。

暗転。

第十場　北町奉行所　白州

中央に吟味役の中島嘉右衛門、上手に長英が浮かび上がる。

中島　吟味役の中島である。高野長英、「夢物語」は渡辺登との合作か。
長英　私一人で書きました。
中島　モリソン号のことは誰から聞いた。
長英　世間の噂で。
中島　ぬけぬけと。その噂こそ、その方が「夢物語」で流したものであろう。
長英　とんだ言いがかりです。
中島　このようなもの、なぜ書いた。
長英　漂流民を送り届けるのを大砲で追い払ったらどうなります。日本は人命を尊重しない国と見なされ、世界から信用をなくすんでは？
中島　向こうのねらいが他にあったらどうする。
長英　まあ、じっくり話し合うんですな。ロシアなどの思わぬ情報が手に入るかも。その後

中島　で我が国の政策を伝え、帰ってもらう。頭は使いようです。

長英　口の滅らぬ奴。ところで、その方はイギリスの地を踏んだことがあるな。

中島　御冗談を。国が禁じております。

長英　（書を読み上げ）「イギリスはオランダの北にある島国。オランダからは一昼夜でたどり着く云々《うんぬん》」から始めて地理、人口、政治制度を行ってきたかのごとく書いておる。

中島　（笑いとばし）お役人様は、もう少しご聡明かと――

長英　こ奴、愚弄《ぐろう》するか！

中島　海を渡らずとも、蘭書を開けば一目瞭然。私を誰とお思いで？　鳴滝塾でシーボルト先生にみっちり鍛えられ、オランダ語なぞ朝飯前。何なら話してみせましょうか。

　　黙れ、黙れ、無礼者！　引っ立てい！　次、渡辺登！

　長英消え、下手に崋山が浮かび上がる。

中島　その方先回、幕府をけなしたことはないと申したな。

崋山　はい。

中島　だが、住まいから書き付けが見つかった。「慎機論」だ。
崋山　（驚く）……。
中島　（示して）「幕府の重役につくのは有力者の子供ばかりで世間知らず。役人は賄賂で出世し、儒学者は志低き者ばかり。このまま放置し、ただ外敵の侵入を待っていてよいのか」……幕府のご重役を誹謗し、さらに幕政をも批判しておる。その方の書いたものに相違ないか。
崋山　異国船の脅威が迫った折……つい憤激のあまり書きました。
中島　お上への口出し、恐れ多いと思わぬか。
崋山　冷静さをなくしたと思い、途中で書くのをやめました。他人に見せてもおりませぬ。
中島　それでも罪となりますか。
　書いたことに変わりない。心に思うゆえ書いたのだ。この証拠、なかったことにはできぬ。大体が、外敵の侵入をただ待っているとは何事だ。敵に備えるためにこそ、異国船打ち払い令がある！
崋山　打ち払うだけでは、問題は解決しませぬ。
中島　黙れ！　その方の意見など聞いておらぬ。よいか、蘭学に許されたのは学問技術の研究のみ。西洋の事情を世間に触れ回り、ご政道を批判するなどもってのほか。儒学の教えをなおざりにするか！

崋山　いえ、されど儒学だけでは世界を見通すことはできませぬ。私は田原藩で海の守りを仰せつかってより、国防を強化するには世界の姿を知らねばならぬと気づきました。そうしてこそ日本の進むべき道は見えてきます。正しく判断するには、正しい情報が必要なのです！

中島　国の行く末はお上が考えること、口出し無用！「慎機論」はすでにご老中水野様にも達しておる。覚悟せい！

崋山　ならば、水野様にも私の真意をお話ししたい！国難が、すぐそこまで迫っているのです！

中島　まだ言うか！

崋山　このままでは日本は――

中島　黙れ、控えよ！（すばやく暗転）

明るくなる。

後ろ手に縛られた崋山と長英が、白州を出る時に中央ですれ違う。
一瞬立ち止まり、互いの顔を見つめて去っていく。

いったん暗くなる。

下手に鳥居と中島が浮かび上がる。

鳥居　ご苦労であった。
中島　口数だけは多い奴らで……。
鳥居　(笑って) 言わせておけばよい。当方には動かぬ証拠がある。
中島　鳥居様。して、この後は?
鳥居　すぐに供述書をまとめ、認めさせよ。
中島　判決は、いかなることに……。
鳥居　水野様のご判断次第だが、国の安寧秩序を揺るがす輩たち、根を絶たねばならぬ。そなたらも責任重大、わかっておるな。
中島　……はい。

暗転。

第十一場　おゑんの店

二階。椿山が書き物をしている。よのは牢見舞いを用意している。

小寺　（真木と一緒に来て）だめだ！　林家は崋山を破門した。佐藤一斎先生にもかけあったが、今は静観すべしと言うだけだ。崋山を助けてはくれぬ！

真木　藩の重役連中も、とばっちりを恐れ押し黙ったままです。先生がこれまで藩のためにどれだけ尽くしたか！

よの　……（二人に）すみませぬ。私の父や親戚筋もお役に立てぬようです。

金子　（急ぎ来て）松崎慊堂先生が……。（言葉が続かなくなる）

よの　慊堂先生が……どうかなされたのですか？

金子　（涙声で）水野様に、嘆願書を書いて下さいます。

椿山　嘆願書……ありがたい！

よの　慊堂先生……ありがとうございます！

金子　小田切様が慊堂先生をお尋ねし、内々に崋山先生の供述書の下書きをお見せしたのです。そこには「別して不届き」の文字があったとか……。

小寺　「別して不届き」……重罪ということか……。

椿山　……遠島……死罪？

よの　まさか！

金子　先生は茫然となされ、ご体調の優れぬ中、「何としても崋山を救う」と昨夜から筆をとられています。

いったん暗くなる。

病中の松崎の姿が浮かび上がる。嘆願書に込めた思いを正座して語る。

松崎　水野様に申し上げます。私、渡辺登とは二十年来の付き合い、その人となり清廉《せいれん》謙虚、老母への孝養厚く、天保飢饉では家老として一人の犠牲も出さず手当てしました。しかるに此度《こたび》の取り調べ。政治批判の罪は今や中国にも日本の法律にもありませぬ。まして、紙切れに走り書きしたるもの。それを家探ししてまで見つけ出し罪を問うならば、江戸の町で罪人とならぬ者などおりましょうや。何卒、天下晴れての御裁断をお

願いしたく……。（消える）

小寺　半年後、判決が下った。十五人のうち四人は牢内で死に、五人が押込《おしこ》め、三人が罰金、無罪は花井虎一だけ。訴え出たことが評価されて許され、後には林家の学問所に雇われた。長英は終身刑、崋山は死罪こそまぬがれたが在所蟄居《ちっきょ》。二人の処罰が一番重く、狙いがどこにあったかわかろうというものだ。天保十一年の正月、雪の舞う朝、崋山は駕籠《かご》に乗せられ田原に向かった……。

暗転。

第十二場　三河　田原　崋山蟄居の家

田原に来て半年後の天保十一年（一八四〇）夏。
ある日の午後。
崋山蟄居の家の居間。誰もいない。

可津　キャーッ！　誰かーッ！（上手、奥の間から飛び出てくる）
たか　（下手から来て）可津、どうしたのです！
可津　蛇が、寝間に蛇がいます！
梅　（下手から火吹き棒を持ちすばやく来て）お嬢様、梅にお任せを。ごめん下せえ。（寝間に入って）こらーッ、ここは崋山先生のお屋敷だ、出て行け。そうだ、そっちだ。いいか、もう来るなよ。（戻り）ご安心を。庭に出しました。
可津　本当？（こわごわ覗く）
梅　へえ。何ならおらがこうして（構え）日が落ちるまで見張っていましょうか。
可津　（笑って）日が落ちるまで？

梅　崋山先生には幾多のご恩があります。お嬢様のためなら、何だってやります。
可津　ありがとう、梅。もう大丈夫。（梅、去る）
たか　……それでも武家の娘ですか。梅のほうがよほどたくましいです。
可津　母上だってこの前狐が入ってきた時、叫んだじゃないですか。
たか　あれは……珍しかったからです。（二人、顔を見合わせて笑う）
可津　父上たち、遅いですね。
たか　牢内で患《わずら》った病がようやく癒《い》えたのです。のんびりなさるのもいいでしょう。それに龍泉寺の和尚様は話好きだから、きっと長居を……。
可津　父上やおばあ様はともかく、立《たつ》や諧《かのう》はどうしてるかしら……。
たか　きっとお庭を飛び回っているわ。
可津　母上。……父上に、お許しは出るのでしょうか。
たか　……可津。田原に来てまだ半年、今は家族一緒に暮らせることをありがたく思いましょう。それに明日は、おばあ様とあなたは友信様にお会いできます。友信様もよほどのお考えあって田原までおいでになられたのでしょう。私たちも弱気になってはなりませぬ。
可津　……はい、わかりました。

暗転。

第十三場　　三河　田原城　謁見の間

下手に栄と可津が控えている。
友信が部屋に入ってきて座る。

友信　よう来られた。面《おもて》を上げて下され。
栄　友信様。今日はお城にお招き頂き、お食事と宿を賜り夢のようでございます。
友信　お栄殿も息災で何より。娘御、名は？
可津　可津と申します。
友信　可津、年は？
可津　十五です。
友信　十五か……。お父上はいかがお過ごしか。
可津　はい。この頃はまた絵筆をとっています。
友信　どんなものを描いている？
可津　……魚や虫の絵です。

友信　そうか……見たいものだ。……あの事件があってより、私も江戸に住みづらくなり、田原に移ってきた。だが、目と鼻の先に崋山がいるのに、会うことさえ許されぬ。藩主康直様は今江戸におられるが、間もなく戻られる。私は近くに家を設け、家族と住むことにした。

栄　では、いつかお会いできる日も……。

友信　そうでありたい。……可津、そなたが生まれた頃の話だ。

可津　はい……。

友信　私は藩主になれぬことがわかった時、生きる意欲をなくした。その心の隙間を埋めてくれたのは崋山だった。蘭学という新しい世界が私の前に開けた。生きる力を得た。母を探し出してくれたのも崋山だ。そして三宅家の正統をつなぐことにも心を砕いてくれた……。誰がそこまでする？　いくら感謝してもしきれぬ……。

可津　……申し上げても……よろしいですか。

栄　これ、可津……。

友信　構わぬ。

可津　……父は江戸で罪人呼ばわりされ、家族は悲しい思いをしてきました。

友信　うむ……。

可津　……ですが、今父をそのようにおほめ下さり……可津は嬉しゅう、誇らしゅう思います。ありがとうございます。

友信　よう言うた。お父上は罪人などではない。政をする者たちが、世界の新しい動きについていけぬのだ。お栄殿、崋山に伝えて下され。友信の心、常に崋山とともにある、とな。

栄　もったいない……。（泣く）

可津　父に伝えます。

友信　頼んだぞ。

暗転。

第十四場　崋山と椿山の手紙

上手に崋山、下手に椿山が浮かび上がる。
手紙のやり取りが、会話の形で進む。

崋山　椿君、手紙を何度も読んだ。それにしても、私は久しく絵筆から遠ざかり、腕がなまった。
椿山　いいえ、新作を拝見し、二年の空白を感じさせぬ出来栄え、驚きました。
崋山　そうだとよいが……。
椿山　対象のとらえ方、線描の細やかさなど、いっそうの冴えを感じます。
崋山　いや、君の絵こそ、創意工夫が随所に見られる。
椿山　嬉しいお言葉！
崋山　互いに褒め合っていては世話はない。（二人、笑う）頼みがある。今回の絵を相手方に届けてもらう前に、君に見てほしいのだ。開封する時、私がどのように描いたかをそれぞれの題名からまず想像してほしい。そして見る時は君一人で。子供のようなこ

椿山　とを言うと人は笑うだろう。だがこうした喜びを共にできるのは、天地広しと言えど君以外にはいない。この先、絵を描くことすら禁じられるかもしれぬ。その覚悟も込めて描いた。君がどう受け止めたか、忌憚《きたん》なく聞かせてほしい。手紙、心待ちにしている、椿君。（消える）

（感に堪えず）先生……必ず……必ず、そのようにいたします。

崋山筆の海錯《かいさく》図、翎毛《れいもう》虫魚冊、虫魚帖《ちょう》の数枚が映し出されていく。

暗転。

第十五場　三河　田原　崋山蟄居の家

崋山の警告は当たった。イギリスが清にアヘン戦争をしかけた。あわてた幕府は二年後異国船打ち払い令を取りやめた。田原藩は財政悪化の中、保守派が返り咲き崋山の政治改革は中断、厳しい倹約令が出た。一家の生活費は江戸での俸給の二割、暮らしは困窮を極めた。絵の弟子福田半香が、崋山の絵を江戸や浜松で売って助けようとした。だがそれは悪い噂をうみ、面会は親類しか許されなくなった。崋山は、物心両面で追い詰められていった……。

小寺

天保十二年秋。夜更け。どこからか、虫の声が聞こえる。
崋山が眠りについている。
夢を見る。
暗闇の四方から、顔を覆った異形の者が現れる。
怪しい動きとともに、崋山を取り囲んでいく。

A　渡辺崋山！　謹慎の身でありながら、絵にうつつを抜かすとは何事だ！
B　それを売りさばき日銭を稼ぐなど、何たる恥知らず！
C　ご老中水野様に知れたらどうなる？　藩主康直様が再びお叱りを受けるのがわからぬか！　康直様がいまだ奏者番になれぬのも、すべてお前のせいだ！
D　若侍相手に、藩の政策を批判しているようだな。いつまで家老のつもりだ！
A～D　田原藩の面汚《つら》し！　愚か者！　愚か者！　愚か者！

嘲笑の声が響く中、姿消える。

崋山　(うわごとを言う)違う、聞いてくれ……私は、私は！　(目が覚めて、起き上がる。しばし考えている。立って廊下に出て、庭先の闇を見入る)……。
たか　(近づいて)……眠れないのですか。
崋山　……。
たか　(虫の声に)いい鳴き声……。
崋山　そうだな……。

たか　絵筆をおとりになっていないのですね。
崋山　絵を売ったことが幕閣の耳に届いたようだ。殿にこれ以上ご迷惑をおかけするわけにはいかぬ。
たか　……お前様。これからは、本当に描きたいものだけをお描き下さい。
崋山　それでは……暮らしが立たぬ。
たか　私、内職をもっと励みます。子供らも手伝ってくれます。絵具代くらいどうにでもいたします。ご自分をあまりお責めにならず……おばあ様もたいそうご心配を……。
崋山　母上やそなたには苦労のかけ通しだな。……私がやろうとしたことは、この先の日本のありようを考えてのこと。一刻も猶予ならぬと思ったが、進め方に甘さがあった。だが、目ざしたことに後悔はしておらぬ。
たか　はい。
崋山　しかし……もう、今の私にできることは……。
たか　私が嫁いだ日におっしゃったこと……覚えておいでですか。
崋山　……？
たか　お志を語られました、目を輝かせて。

崋山　……心の掟、か。
たか　お前様は、いつもお志を持って歩んでこられました。藩の改革に取り組むこと、蘭学を学ぶこと、絵に向かうお気持ちだって……どうぞそのように、これからも生きて下さい。
崋山　たか……そうだな。……明日は、出かけたい。
たか　（驚いて）外出は、固く禁じられました。……どちらへ？
崋山　海が見たくなった……。
たか　……わかりました。くれぐれもご用心を。
崋山　すまぬ。夕刻には帰る。

暗転。

第十六場　三河　赤羽根海岸

赤羽根の海。岸に打ちつける大波の音。
高台の遠見番所に見張り番二人がいる。
被り物をした崋山が来る。
少し離れた所に腰を下ろし、海を眺める。

A　……あーあ、朝っぱらから見張っててもよ、異国の船なんぞ通らねえ。
B　遠眼鏡も役立たずか。この異国船の旗印はよく描けてるがな。
A　前のご家老が描いたらしい。
B　崋山先生が？　そうかい……でもよ、どうしてお咎《とが》め受けなさったのかな。
A　……どこか遠い島に渡り、一儲《ひともう》けしようとしたらしい。
B　報民倉をつくってくれた人だぜ。そんなことするかな……。
A　そうよな……。
崋山　（ゆっくりと近づき）……変わりはないか。

Ａ　（驚き）お役人様、見回りご苦労様で。変わったことはねえです。
崋山　そうか。
与助　（やって来て）おーい、交代だ。
Ａ　なんだ、一人か。
与助　連れは少し遅れる。
Ｂ　そんじゃ、わしらは。（頭を下げ、二人去っていく）
与助　お役人様は、いつからおいでに……。
崋山　少し前だ。……大海原は……やはり、よいものだな。この広さは、どうだ。潮風も心地よい。
与助　（声にハッとして、探るように）……もしや……崋山先生では……。
崋山　……？
与助　（笠をとり）……おら七、八年前、先生が伊良湖岬から神島に渡る時、船を漕《こ》ぎました。与助です。
崋山　うむ、見覚えがある。……あの時は、そなたらに命を救われた。
与助　いいえ……。

崋山　船が木の葉のようにもてあそばれ、何度も海に呑《の》まれかけた……あれは、何と言った

ー

与助　ドワイです。伊良湖水道名物、地獄の閻魔《えんま》様も恐れる大波だ。

崋山　ドワイ、うむ。荒波に立ち向かうそなたら船頭の度胸は、大したものだった。武士の心もかくあれかしと思った。こうしてまた会えるとは……。

与助　……あの……崋山先生が田原においでのこと、噂で聞いてました……おら難しいことはわからねえけど、お人柄はあん時ご一緒してよく……先生が世間から後ろ指さされるようなお方とは思えねえです、へえ。

崋山　そうか……。与助、私に会うたこと、内密にしてほしい。

与助　へい、口が裂けても言いません。

崋山　懐かしいついでに……あの時の仕事唄、今一度聞かせてくれぬか。

与助　(照れて) 下手な歌ですが……。(手拍子で、「渥美櫓《ろ》漕ぎ唄」を歌う)

ハァ　やれ漕げそれ漕げ　(ヤレコゲソレコゲ)

ハァ　阿波の鳴門か銚子の口か　伊良湖渡合《どあい》の恐ろしや

ハァ　てんてん舞っても　夕飯ゃ団子だ
ハァ　やれ漕げそれ漕げ　（ヤレコゲソレコゲ）
ハァ　伊豆の下田を朝山まいて　晩にゃ志州の鳥羽浦へ
ハァ　鳥羽から小浜へ　ごしごしごしだよ
ハァ　やれ漕げそれ漕げ　（ヤレコゲソレコゲ）
ハァ　泣いてくれるな　出船の艫《とも》で　カラス鳴くさえ気にかかる
ハァ　水道のハゼだか　よう飛ぶハゼだよ
ハァ　やれ漕げそれ漕げ　（ヤレコゲソレコゲ）

＊崋山筆の「神島渡海」「小山ノはな」（参海雑志）が短く映って消える。

崋山、遠く海を眺めながら聞き入る。
櫓漕ぎ唄が波音に交じって高らかに響き渡る中、ゆっくりと暗転。

エピローグ

長英　（牢内の姿、浮かび上がる）……崋山さんが、腹を切っただと……ばかやろう！　死んでどうなる！　俺たちは、もっと大きく目を見開いて生きるんじゃなかったのかい。それを教えてくれたのは、崋山さん、あんただ。だから、あんたには、一目置いていた……いや、あの日、初めて会った時から、俺はあんたという人間に惚れたんだ、なのに……なのによ……俺は死ぬもんか！　まだやることがある。しぶとく、生き抜いてやる！　（消える）

字幕映る。（一項目ごと順々に足していく）

天保十二年（一八四一）十月

渡辺崋山　自刃《じん》（四十九歳）

弘化元年（一八四四）四月

松崎慊堂　死去　（七十四歳）
＊崋山筆の肖像画（顔のみの画稿）が短く映って消える。

同年　六月
高野長英
江戸小伝馬町の牢に放火させ、脱獄

同年　八月
崋山母　栄　死去　（七十三歳）

嘉永三年（一八五〇）十月
高野長英
六年間の逃亡で兵学・天文学の蘭書を多数翻訳、
江戸で捕吏《ほり》に囲まれ自刃　（四十七歳）

そして、
嘉永六年（一八五三）夏——

すべての字幕消える。
夕映えが空を染めている。
小寺の姿が浮かび上がる。

小寺

崋山が死んで十二年たった今年の夏、アメリカからペルリの黒船艦隊が来て開国を迫った。江戸中が大騒ぎの中、幕府は今ごろになって対応策をめぐり右往左往している。この国は、ようやく動き出すことになりそうだ。お前が生きていたら、何と言うだろうか。じかに聞いてみたかった……なあ、崋山よ！　（姿、ゆっくりと消える）

字幕映る。（一行ずつ文字を足していく）

崋山が葬られた塚には、

エピローグ

罪人として
鎖が巻かれてあった。

罪が解かれ
墓碑建立が許されたのは、
幕府の崩壊が決まった
慶応四年春のことだった。
死後、二十七年が過ぎていた——。

字幕消える。
夕映えが、華山の人生を彩《いろど》るかのように、いっそうの輝きをもって辺りを照らしていく。
ゆっくりと幕が下りてくる。

（参考文献）

「日本の名著　渡辺崋山　高野長英」佐藤昌介　編（中央公論社）
「渡辺崋山集」第一、二巻（日記・紀行文）第七巻（年譜）（日本図書センター）
「渡辺崋山」別所興一（あるむ）
「渡辺崋山書簡集」別所興一　訳注（平凡社）
「崋山渡辺登」小沢耕一（田原町教育委員会）
「渡辺崋山」ドナルド・キーン（新潮社）
「渡辺崋山」佐藤昌介（吉川弘文館）
「高野長英」佐藤昌介（岩波書店）
「高野長英」鶴見俊輔（朝日新聞社）
「崋山と長英」杉浦明平（第三文明社）
「崋山探索」杉浦明平（岩波書店）
「渡辺崋山」加藤文三（大月書店）
「渡辺崋山」太田鐙太郎（崋山叢書出版会）

参考文献

「渡辺崋山」森銑三（創元社）
「近世人物夜話」森銑三（東京美術）
「渡辺崋山」石川淳（筑摩書房）
「慊堂日暦・5」（平凡社）
「渡辺崋山　優しい旅びと」芳賀徹（淡交社）
「崋山の旅」鮎川俊介（幻冬舎）
「日本の美術　渡辺崋山」菅沼貞三　編（至文堂）
「渡辺崋山　日本の夜明け展」（田原町博物館　平成七年　秋の企画展　図録）
「渡辺崋山の神髄」（田原市博物館　平成三十年度特別展　図録）

（本書の戯曲上演に関するお願い）

本書の戯曲を作品として使用し上演する際は、出版社を通して作者の許可を得てください。

取材余話　〜田原に崋山を訪ねて〜

一　訪問歴

私が初めて田原市博物館（愛知県田原市）に行ったのは二十代半ば、友人に誘われてだった。館内の崋山関連資料を見学し、興味を持った。当時は、長男立《たつ》への「遺書」（流れるような筆遣いが印象的だった）の複製が売られていて、買い求めた。蔵王山にも行った。

二度目の訪問はその約三十年後。市民向けに初めて書いた戯曲「ひとすじの糸」（三河の製糸業を発展させ、玉糸の祖と言われた小淵しちの生涯を描いたもの）が完成して間もなくだった。ようやく書き上げたという満足と高揚感があり、その勢いでさて次の作品ではどんな人物を取り上げようかと思った。真っ先に浮かんだのが、渡辺崋山。はやる思いで再び田原に行き、展示をじっくりと見た。だが、あらためて崋山の多様な面を知るにつけ、この人物とその時代をとらえるには、相当の準備を要すると感じた。これは一筋縄ではいかないと思い、いったんは断念した。

さらに数年たち、第二作「捕虜のいた町」（太平洋戦争下の名古屋にあった連合軍兵士の捕虜収容所と、戦時下の町の人々の暮らしを描いたもの）を書き上げた。

そして二〇一六年春、「ひとすじの糸」の豊橋公演があった。それを観た何人かの方から、「次は渡辺崋山を書いてはどうか」と勧められた。

それまでの自分なりの思いもあり、しばらく考えた。本当に書けるだろうか。ともかくも資料を読み込んでみて、そのうえで判断しようと思い、取材を始めることにした。

二　蟄居の家

というわけで、二〇一六年十二月、久しぶりに三度目の田原訪問となった。

この地には、「蛮社の獄」事件で逮捕された渡辺崋山が一年十か月ほど身を寄せた住居（明治中頃復元）が今も残されている。

豊橋鉄道渥美線の始発・新豊橋駅から四十分程で終点の三河田原駅に着く。そこから徒歩十分で「池ノ原公園」があり、園内には崋山一家の住んだ一軒家と作業小屋がある。そこが、事件によって「蟄居」（謹慎）の判決を受け、江戸から七日間駕籠に乗せられて辿り着いた「終《つい》の棲家《すみか》」となったのだ。

私は三河田原駅に着くと、さっそく公園に向かった。旧居の周囲は木立に囲まれて、穏やかな風が吹きわたっていた。その静かなたたずまいは、崋山の生きた時代を偲ばせるような気がした。旧居内には入れない。自刃した作業小屋の内部を覗く。狭い。庭先の様子は、以前来た時とそれほど変わっていない。しかし、周辺の風景には明らかな変化が見て取れた。以前には、西側に伸びる道に沿って続く民家・農家の木立や竹藪、納屋などに往時の名残が見られたが、今やそんな風情はほとんどなくなり、新しい住宅が軒を連ねている。

そのことに心なしか寂しさを感じつつ、すぐ近くの田原城敷地内にある田原市博物館に向かった。崋山の書画や資料が豊富に展示されている。住まいの間取り図もある。居間・寝室・台所。崋山・母・妻・三人の子は賑わいのある江戸を離れて、日々何を語り合いどのように暮らしていただろうかと想像をふくらませる。

一通り見終えた頃、別所興一《こういち》氏（地元の崋山研究者）が館に到着した。氏に案内されて崋山ゆかりの場所を歩き、説明を聞く。成章館（藩校）や報民倉（飢饉に備えて設けられた食糧倉庫で崋山考案とされる）があった辺りを巡った。

三　崋山の墓

崋山の菩提《ぼだい》寺である城宝寺へ向かう。墓は寺の入口すぐ近くにある。墓碑の建立は死後二十七年たってようやく許可が下り、崋山の次男である諧《かのう》（画号・小華）によってはたされた（長男立はすでに死去）。墓の前に立つ碑には、華山作の句「見よや春大地も亨《とお》す地虫さへ」が彫られている。崋山は二十六歳で仲間たちと藩政改革を志したが保守派に阻まれ失敗した。当時抱いた気概を込めた句である。そして墓碑は中央に崋山（文字「崋山先生渡辺君之墓」）、右に崋山の母おゑい、次男小華の妻すま子、左に崋山の妻たか、小華が寄り添うようにして立っている。

すでに辺りは夕闇が近づき、かろうじて文字が読めた。心なしか墓碑が寂しげに感じられる。少し前から風がひどく吹き始め、予想以上の寒さに追い立てられるようにして訪問一日目を終えた。

四　蔵王山山頂

翌日は風も収まり、快晴。別所氏の友人の車で渥美半島を巡る。崋山が歩き、眺めた所を辿るためである。

蟄居以前の崋山は、田原を四回訪れている。一回目（十六歳）と二回目（二十六歳）は藩主に随行して、三回目（三十五歳）は次の藩主として三宅友信を擁立するべく地盤固めをするためだった（だがこれは家老たちの策謀で失敗し、崋山は挫折を味わうことになる）。そして四回目（四十一歳）の時は、崋山は家老職の末席に昇格しており、目的は藩領の状況や領民の生活の視察、さらには藩の歴史を「三河志」として編纂するための調査などだった。

まずは田原城近くの蔵王山（標高二五〇㍍）に行く。展望台で田原市と太平洋を遠望する。晴れ渡っているせいか、望遠鏡を覗くと富士山が小さいながらもくっきりと見えた。山頂の売店でコーヒーを飲み、店員さんにそのことを話すと、「いつも見えるわけではないですよ、幸運ですね」と微笑が返ってきた。

五　赤羽根遠見番所跡

渥美半島は遠州灘に突き出ており、豊橋から田原まで約二〇㌔、そこから伊良湖岬まではさらに約二〇㌔ある。

車は蔵王山を下って太平洋岸（田原市内から約四㌔）の赤羽根を目ざす。「赤羽根遠見番所」

の跡地を見るためである。

一八二五年（文政八年）、田原藩は幕府の指令により異国船監視のための見張り小屋を設けた。崋山は家老職と同時に海防係も兼務していたため、四回目の訪問ではここも訪れている。彼の残した旅日記の一つに「参海雑志」がある。参海は「参（三）河の海」の意か。崖っぷちに建つ二棟の番所のスケッチも描かれていて、「…近頃又遠見番所とて、異船の遠沖を走るを察せんがための所を設けられ、遠眼鏡をもこの所に備え、いとおごそかなる御もうけなり。」と記している。

車を赤羽根小学校近くの道路脇に止めて、木々の立ち並ぶ細道を辿っていくと、それらしき場所に行き当たった。海岸から一〇㍍程の高さにある崖の上だ。木々がうっそうと生い茂って当時の跡は見る影もないが、番所小屋が建つほどの平地は認められる。前方には見晴るかす太平洋が広がっている。別所氏はこの辺りだろうと言う。

崋山はここに立ち、どんな思いで海を眺めたか。海防係を仰せつかったこともきっかけとなり、外国事情を深く知るため本格的に蘭学に近づいていった頃だ。「蛮社の獄」のまだ六年前。自分のたどる運命など想像もつかなかったはずだ。

当時近隣の農漁民は見張り当番を命じられ、遠眼鏡を手にして任務についていたことだろう。そう思ってこの地に立つと、崋山とその時代が何かしら近しく感じられた。この番所小屋を物語の一場面に描くとしたら……なども考えてみる。

車で海岸に移動し、砂浜を歩いた。当時は大砲台が備えてあったというが、性能や威力はそれほど大したものではなかっただろう。大海原を吹き渡る風が心地よかった。

六　伊良湖岬

さらに車は太平洋を左に見ながら、国道42号線を渥美半島突端の伊良湖岬に向かった。

四十一歳の時、崋山はこの岬から神島への上陸に挑んだ。神島は三島由紀夫の小説「潮騒」の舞台でも知られる島。岬から神島へは約三・五㌔。その間には伊良湖水道という激しい潮流が待ち受けている。海の難所である。彼が初めて田原に来た十六歳の時には、伊勢神宮参拝をめざして海を渡ろうとしたが、全員船酔いして途中で断念している。

そして今度は四十一歳での神島挑戦。一艘《いっそう》の船に乗員は崋山一行が三人、漕ぎ手三人の計六人。

さて、いかなる結果になったか？　実に命からがら、成功したのだった。「命からがら」というのは決して誇張ではなく、その時の体験は「参海雑志」を読むと今も臨場感をもって知ることができる。大波のすさまじさの描写は圧巻だ。その一部を味わっていただこう。

「……白波の争うさま白竜の群れ踊るがごとく、いとおどろおどろしきありさまなり。この灘《なだ》を方言にドワイと言う。大洋より来る潮と内洋より出《い》づとが、風に逆らいて争うところなりとぞ。むかし十六歳の時、伊勢の御神へ詣でんとて、この海を船乗りせし事あり。闔船《こうせん》（船中一人残らずの意）めまい嘔吐《おうと》してえ渡らざりしが、その頃より思うよう、武士の家に生まれ出《い》で、いかなる船軍にか向かい出でんも計らず、かげかり渡海にやめる口惜しさよと、日頃悔しきあまりにこの島へも到り試みんとせしなれば、船の中立ちあがりて四方を見るに、船はますます波に揺れて胸はり頭痛くなれり。（中略）かくせるうち風よしとて、かかるささやかなる船に五反ばかりもあらん帆を斜めにはれれば、船はますます矢のゆくよりも早うなれど、船は帆に負けて傾きながら走るに、波はまた大になりて高うなれるものは縦十五丈もあらんと思《おぼ》しく、横の長きは四五町もあるべし。」

＊「渡辺崋山集　第二巻」（日本図書センター）による。引用にあたって、意味をわかりやすくするため現代仮名遣いに改めたり、漢字で表記した箇所がある。

私は、引用文冒頭の表現「いとおどろおどろしきありさま」を見せるこの「灘」つまり荒海のことを、土地の漁師たちが「ドワイ」と呼ぶことに興味を持った。その音感がおもしろくもあった。そこで調べてみた。すると、彼らに歌い継がれた仕事唄(船頭唄)として「渥美櫓《ろ》漕《こ》ぎ唄」という民謡の存在することがわかり、そこにも「ドワイ」(渡合《どあい》)が出てくることを知った。二冊の本に収録された歌詞を紹介する。

「渥美櫓漕ぎ唄」

A　阿波の鳴戸か音戸の瀬戸か、伊良湖渡合が恐ろしや(福江)

(「郷土民謡風土記」伊奈森太郎)

B　ハァ　やれ漕げそれ漕げ　(ヤレコゲソレコゲ)

ハァ　今宵ここでは桐の木枕　明日は出船の袖枕

ハァ　上って下るは　天女に軽業よ

ハァ　やれ漕げそれ漕げ(ヤレコゲソレコゲ)

(以下はやし略)

ハァ　泣いてくれるな　出船の艫で　カラス鳴くさえ気にかかる
ハァ　水道のハゼだか　よう飛ぶハゼだよ
ハァ　伊豆の下田を朝山まいて　晩にゃ志州の鳥羽浦へ
ハァ　鳥羽から小浜へ　ごしごしごしだよ
ハァ　阿波の鳴門か銚子の口か　伊良湖渡合の恐ろしや
ハァ　てんてん舞っても　夕飯ゃ団子だ
（後略）
（「三河路の民謡を訪ねて」伊藤陽扇）

ＡＢの出典二冊は、運よく以前に古書店で入手していたもので、著者はお二人とも地元三河出身の方である。

伊奈森太郎氏（故人）は田原出身で、崋山研究者でもあり「偉人渡辺崋山」などの著書があることを知った。教員として母校の田原中部小学校に赴任し同校校長を務めた。退職後は文化財の調査研究などに取り組んだ（「福江」は渥美半島三河湾側の漁港）。

伊藤陽扇氏は豊橋市在住の民謡家（唄い手・民謡研究家）で、同題のレコードも出している。

私は、氏によるこの唄の歌唱を聞きたく思いインターネットで調べたところ、幸いにも一九九二年のＮＨＫテレビ放送時の歌唱を聞くことができた。力強く伸びやかな唄いぶりで、いかにも漕ぎ手の意気の良さが伝わってきた。また同書は、三河に伝わる種々の民謡を発掘調査した大変な労作で、この唄についても懇切丁寧に成立過程と歌唱法を説いている。

こうして調べていくうち、この唄を劇中に使えないかと思った。もしかして崋山本人も当時この唄を聞いたかもしれない……。

話を戻そう。車はさらに岬近くの小高い山にある伊良湖ビューホテルに向かった。以前にも来たことがあるが、ラウンジから神島の全体を見下ろすことができる。この日の神島は青空から海に降り注ぐ光に眩しく映え、伊良湖水道の波も穏やかだった。まさに一幅の風景画を思わせる見事な眺めである。

神島に上陸した崋山は、島に一泊している。島民の生活・習俗などを「参海雑志」に詳しく書き残した。その文章からは、単に役人としての調査の記録と言うよりも、小さな島に生きる人間の暮らしぶりについての旺盛な好奇心が伝わってくる。

七　帰路

ホテルを出て、海近くにある有名な「椰子の実」（島崎藤村）の歌碑などを見て回り、恋路ヶ浜の前に並ぶ食堂で海の味覚を味わった。十二月であるが、どの店も賑わっている。帰路は渥美湾（三河湾）を左に見て国道二五九号線を走る。一㌔ほど行くと、崋山も訪れた芭蕉塚がある。句碑「鷹《たか》ひとつ見つけてうれし伊良虞埼」（「笈《おい》の小文《こぶみ》」）。芭蕉は一六八七年、この地に隠棲《いんせい》していた弟子の杜国《とこく》に会いに来ている。私たちは福江町の潮音寺（杜国の墓がある）にも立ち寄った。

大方の予定を終えて、田原の町に向かう。せっかくなので山間の旧道を辿って帰ろうということになる。低い山並みが連なる中、わずかな平地に民家が点在して、水田や畑が開かれている。旧道はそこを縫うようにして続いている。はるか明治期以前から農耕の生活道として、山越えの一本道として先人たちが踏み固めてきた道とのこと。木々に覆われた山中は車一台がようやく通れるほどの狭さだ。道の両側の土が雨で崩れぬよう丸石を組んで補強されている。いかにも昔の工法と思われた。

やがて車は、山間を抜け出た。田原の町が見えてくる。三河田原駅で両氏にお礼を言い、電車に乗り込んだ。

あっという間の二日間だった。崋山に関連した各地を訪ねることで、その人物像や物語の場面をあれこれふくらませる手がかりを得ることができた。

あとがき

「今、渡辺崋山を書いている」と話すと、年下の世代からは「名前は聞いたことがある」とか「武士で画家だった人」、「渥美半島、田原の人」、「蛮社の獄の関係者」など断片的な一言が返ってくる。中学高校の歴史教科書での記憶か。以前の私もそうだった。もっとも、年上の方の中には「ほう、それは面白い人物に目を付けましたね」とおっしゃる方もいた。

まずは崋山関係の書籍を一通り集めようと探した。だが、大型書店にも全くと言ってよいほど置いてなかった。歴史コーナーで幕末関連の書棚にあるのは、ペリーの黒船来航以後から幕府崩壊までの時期を取り上げた本が主である（そもそも崋山を取り上げた研究書の出版が、最近十数年を見ても決して多いとは言えないということもわかった）。

そこで、古書店に期待した。名古屋周辺の十数軒を回った。一軒で数冊置いてある店もあり、例えば戦前に出版された評伝などはその時代における崋山の評価・位置づけがわかる点で興味深かった。面白そうなものが見つかると、崋山に呼ばれているような気もした。その他、ネット通販で入手したり、図書館から取り寄せた。

評伝などの資料を読みつつ、まず時代背景を抑えていった。そしてその時々の崋山の行動を辿るため、独自の年表を作ってみた。一方、書簡集や旅日記は、彼の人柄、ものの考え方、交友関係、身辺の出来事などを具体的に知るうえで、大いに役立った。

武士・画家・家老・蘭学者……多様な面を持つ崋山。苦労人で多芸多才。崋山の人物、人生がだんだんと温《ぬく》もりをもって見えてくるように思えた。彼の魅力に自ずと引き寄せられていくのを感じていた。物語の主人公として、向かっていくに足る人物だ。できるなら、二十代から晩年までを通して描きたいとも思った。

その生涯のどのような面に目を向け、それをつなぎ、物語を構築していくか。困難ではあったが、工夫のしどころをあれこれ考えるうえでは楽しくもあった。例えば、崋山と長英が初めて出会う場面。性格や生き方が対照的な二人を、一瞬にしてどのように表現できるかとあれこれ考えた。

長英と言えば、余談を一つ。教科書からでなく私は長英の名を中学生当時すでに知っていた。

というのは、私が生まれた愛知県一宮市の北部を流れる木曽川の堤防には、なんと「高野長英先生寓宿之地」と記された碑が立ち、彼が植えたとされる大木「バクチの木」がそびえていたのだ。獄中から逃亡した長英は、名古屋の蘭方医山崎玄庵とのつながりで、木曽川べりに住んでいた蘭方医小沢長次郎の家を三度訪ね、隠れていたと伝わっている。碑の立つ周辺地域は私自身の生活圏だった（しかも小沢長次郎の子孫は少し離れた地で代々医院を営み、私も幼少時から何度も診てもらっていた）。そんなこともあってか、わが故郷に長英が逃げ延びてきたことには何かしら親近感を抱いていた。今回作品に登場させることができ、不思議な縁を感じた。やっとつながった気がする。

蛮社の獄で捕らわれ、ペリー来航の十二年前にこの世を去った崋山。だが言わばその「開国前夜」において、すでに歴史の胎動は潜んでいたと私は考える。そこに光を当てたい。崋山を初め、周辺に集まった人物群を生き生きと動かすことにより、時代の息吹を鮮やかによみがえらせたいと思った。

第一稿ができ上がって間もなく、コロナ禍で長らく家にこもることになった。この一年余は、冷静に作品を見直し、人物・構成ともに筆を加え、磨き上げていく時間となった。

完成に至るまで、「楽しみにしています」とさまざまの方々から激励をいただいた。深く感謝したい。鳥影社と出会えたことは、幸運としか言いようがない。代表の百瀬精一氏から心温まる感想のお手紙をいただいたときの喜びは忘れないだろう。改めてお礼申し上げたい。

今年は、崋山（一七九三〜一八四一）の没後百八〇周年に当たる。節目の年に出版できることが嬉しい。さらに二〇二三年は、生誕二三〇周年に当たる。この本が多くの人に読まれ、そしていつの日か、日本のどこかで上演の運びとなれば……などと夢想している。

二〇二一年八月

馬場　豊

思いがけぬ出会い

「あとがき」を書き終えた八月、知人のＩさん（八十三歳）と久しぶりに話す機会があった。「渡辺崋山を書き終えました」と言うと、「えっ、そうなの。私、崋山の子孫の方と職場が同じだったのよ。その方も教員だったの」とおっしゃる。驚く私に「本当よ。何しろお名前が、渡辺崋《はな》子さん。この名古屋に住んでいらっしゃるわ」。ほほ笑む彼女に「お会いすることはできますか」と言うと考え込んで「そうねえ。私も退職後すっかりご無沙汰をしてしまっているし……少し時間を下さい」。帰宅後、Ｉさんになぜ崋山を書いたかの思いをつづった手紙を書き、それを先方にも伝えてほしいとお願いした。二週間ほどしてＩさんから電話があり、「会って下さいますよ。私もご一緒します」。天にも昇る思いだった。

それにしても、その方は崋山とはどういうつながりなのか。崋山（渡辺家七代目）には三人の子（可《か》津《つ》・立《たつ》・諧《かのう》）がいたが、いずれにも実子はいない。ならば、その後養子に迎えた系列にあたるか、あるいは崋山の妹茂《も》登《と》か弟助右衛門（他の五人の弟妹に子はない）の家系だろうか……。

八月ある日の午後、はやる思いを抑えつつ、ご自宅を訪問。渡辺崋子（今は高木姓）さんは「ようこそいらっしゃいました。どうぞ、おかけになって」と、足がご不自由ながら招き入れて下さった。昭和十一年生まれの八十五歳。今は一人暮らし。ヘルパーさんのお世話になってみえるが、お声は大きく明晰で、私の話に注意深く聞き入り、質問にも落ち着いて答えて下さった。Iさんと職場での思い出をにこやかに話される。二時間余があっという間に過ぎた。帰る時、わざわざ用意なさったお菓子まで頂き恐縮した。

その後も私は再度一人で訪問したり、手紙・電話であれこれお尋ねしたりした。家系については資料（崋山研究者の故小澤耕一氏が一九九七年に書いた「中山順蔵保道」。それまで不明だった助右衛門の家系を明らかにし、おそらく初めて公的に発表したもの）も頂いた。今回わかったこと、感じたことを次にまとめる。

一、崋子さんは、崋山の弟助右衛門の直系の子孫だった。助右衛門は九歳で岡崎藩家臣中山家（江戸詰め）へ養子に行き、中山順蔵保道と名乗り江戸に永住した。順蔵保道は長女やゑに養子（岡崎藩士の三男）を迎え、保重と称して跡継ぎとした。維新後、保重一家は三河岡崎に移住。保重は三人の子をもうけて、長男伊世吉が中山家を継いだ。では長女とみはどうであったか。

話が少々込み入るが、崋山の次男諧（渡辺家九代目）は子がなかったので、養子を二人迎えた。一人は常太郎で、この人が十代目を継ぎ今も渡辺家は続いている。

もう一人は操《みさを》（父は田原藩士）で、彼は明治二十七年（二十六歳）に渡辺家の分家一代目を名乗ることになった。そこに嫁いだのが先に書いた中山保重の長女とみ（崋子さんの祖母）である。
二、やがて右の二人の間に女子二人が誕生。次女みよが分家二代目を継ぐことになる。みよは、明治三十五年名古屋に生まれ、昭和四十二年に六十六歳で死去。私がみよさんについてとりわけ感銘を受けた点が二つある。
一つ目は、絵の修行に本格的に取り組んだこと。大正八年に名古屋市立第一高等女学校を卒業後、地元の画塾に入り、やがて大阪に行き親類宅に寄留して美人画を学んだ。そして二十五歳となった大正十五年、第七回帝展で樋口一葉を描いた絵「佳人の俤《おもかげ》」が入選。朝日新聞がみよさんの顔写真と言葉を掲載、「私は一葉女史を崇拝しています、私の筆鈍い神経をもってしては本当の樋口さんを描き出すことは難しいことはわかっています。けれどもおさえ切れない私の気持ちは遂に大胆にこれを拙い彩管に収めることにしました」。父操は、いち早く東京の展覧会場にその絵を見に行った。直後みよさんにあてた手紙には、「お前の絵は第一室にかけてあり、皆がよく見ていきますので私も嬉しく思いました。しかし来年は非常な努力をせねばいけないと感じました。大阪でも見せるようだから、皆さんの努力の具合をよく御覧なさい」と書き送った。やがて昭和十年、みよさんが分家二代目となった渡辺家に、中村暁《さとる》が養子に入り二人は結婚。翌年生まれたのが長女崋子さん（分家三代目）である。さらに三人の妹弟、諧子《みな》・晃《あきら》（ともに夭折）・勝彦が生まれた。戦時中は、いったん筆を折った。戦後洗礼を受け、昭和二十六年絵を再開。

二つ目は、我が子の名を崋子、諧子と名付けたこと。むろん、名付けは周囲にも相談したうえであろうが、そこに私は、分家二代目としてのみよさん、夫暁、とみ（当時も健在）らの思いをさまざまに想像してみるのである。

三、崋子さんは昭和十一年名古屋に生まれた。金城学院中学校高等学校、同大学を昭和三十三年に卒業。群馬県前橋市の共愛学園に国語科教員として就職、四年間勤務。そして愛知に戻り、名古屋女子商業高等学校・中学校（現在の名古屋経済大学市邨高等学校・中学校）教員となって定年まで勤めた。三十六歳の時、高木太《ふとし》さんと結婚。お子さんはいない。太さんは六年前八十六歳で、弟勝彦さんは二年前七十七歳で死去。勝彦さんには娘さんが一人いる。

崋子さんは平成二十年に「偲ぶ草」という本を編み、親類に配った。「両親の霊に捧げる」として、父母の略歴、みよさんの遺作と遺品、帝展入選の記事、渡辺家家系図を載せた。十五点の日本画は人物画が大半（他に花鳥画や風景画など）で、例えば「歌人（阿倍仲麻呂）」、「石山寺（紫式部）」など筆遣いが非常に精緻で色彩も美しく見事な出来栄えである。「娘」は十代半ばの崋子さんを描いていて、これを見た時、私は崋山の作品「五郎像」の柔らかくあたたかい絵を思い浮かべた（十五点とも今は崋子さんの手元にはない）。

その他、崋子さんから聞いたことをいくつか書き留めたい。

＊ご先祖の眠る田原の城宝寺へは、小さい頃から家族で度々お墓参りに出かけた。時には一泊して田原を見て歩いたりもした。

＊小学六年の時、洗礼を受けようかと迷っていた私に、母は「自分のことなのだから、まず自分でよく考えなさい」と言った。親の意見を一方的に押し付ける人ではなかった。

＊私（筆者）は尋ねた。「みよさんが帝展に入選した時の新聞記事はみよさんが渡辺崋山の家系であることに少しも触れていないが、どういうことでしょうか」。崋子さんは「母はそうしたことを自分からあえて言う人ではなかった。祖母もそうでした」とおっしゃった。

九月初めに取材が終わった。崋子さんは「いろいろと尋ねて下さりお答えしていくうちに、崋山の家族やさまざまのご先祖、祖父母や両親や妹弟までもが、また生き返ったような、よみがえったような気がします。母の絵も載せて下さるとのこと、とても嬉しいです」とおっしゃった。助右衛門の血筋は今なお続いていること。そして渡辺家の分家三代目として崋子さんがご健在で、これまでのことをにこやかに話して下さったこと。このようなことを知る機会を出版直前に得られたことは、望外の喜びである。

二〇二一年九月吉日

馬場　豊

佳人の俤
（帝展美術院第七回美術展覧会出品）

娘　（白耀社第三回展覧会出品）

〈著者紹介〉
馬場　豊（ばば　ゆたか）
1953年　愛知県に生まれる。
2019年、私立南山国際高等学校・中学校国語科教諭を定年退職。
在職中より演劇部顧問を務める一方、生徒・保護者・市民による
朗読劇（戦争関連の諸作品で構成）を学内外で発表。
他の著書に
『ひとすじの糸　玉糸の祖　小淵しちの生涯』（これから出版、2014年）、
『捕虜のいた町　－城山三郎に捧ぐ－』（中日新聞社、2017年）がある。
両作品とも複数回上演。
主な作品に
『語り継ぐ豊川海軍工廠大空襲』（映像ドキュメンタリー　シナリオ、1992年）、
『天野鎮雄が読む“愛知一中予科練総決起事件”
嵐のあとに～ある少年と家族の記録～』（朗読台本、2012年）
などがある。

わが行く道は遥けくて
渡辺崋山の生涯

定価（本体1500円+税）

乱丁・落丁はお取り替えします。

2021年10月14日初版第1刷印刷
2021年10月20日初版第1刷発行
著　者　馬場豊
発行者　百瀬精一
発行所　鳥影社 (www.choeisha.com)
〒160-0023 東京都新宿区西新宿3-5-12トーカン新宿7F
電話 03-5948-6470, FAX 0120-586-771
〒392-0012 長野県諏訪市四賀229-1（本社・編集室）
電話 0266-53-2903, FAX 0266-58-6771
印刷・製本　モリモト印刷

ISBN978-4-86265-914-9 C0093